KB115119

스페셜 원
가장 특별한 감독

스페셜 원: 가장 특별한 감독 4

스틸펜 장편소설

초판 1쇄 찍은 날 § 2020년 5월 15일
초판 1쇄 펴낸 날 § 2020년 5월 22일

지은이 § 스틸펜
펴낸이 § 서경석

총괄팀장 § 노종아
편집책임 § 박현성
디자인 § 소소연

펴낸곳 § 도서출판 청어람
등록번호 § 제387-1999-000006호
등록일자 § 1999. 5. 31
어람번호 § 제1-3049호

주소 § 경기도 부천시 부일로 483번길 40 서경B/D 3F (우) 14640
전화 § 032-656-4452 팩스 § 032-656-4453
http://www.chungeoram.com
E-mail § chungeorambook@daum.net

ISBN 979-11-04-92189-6 04810
ISBN 979-11-04-92074-5 (세트)

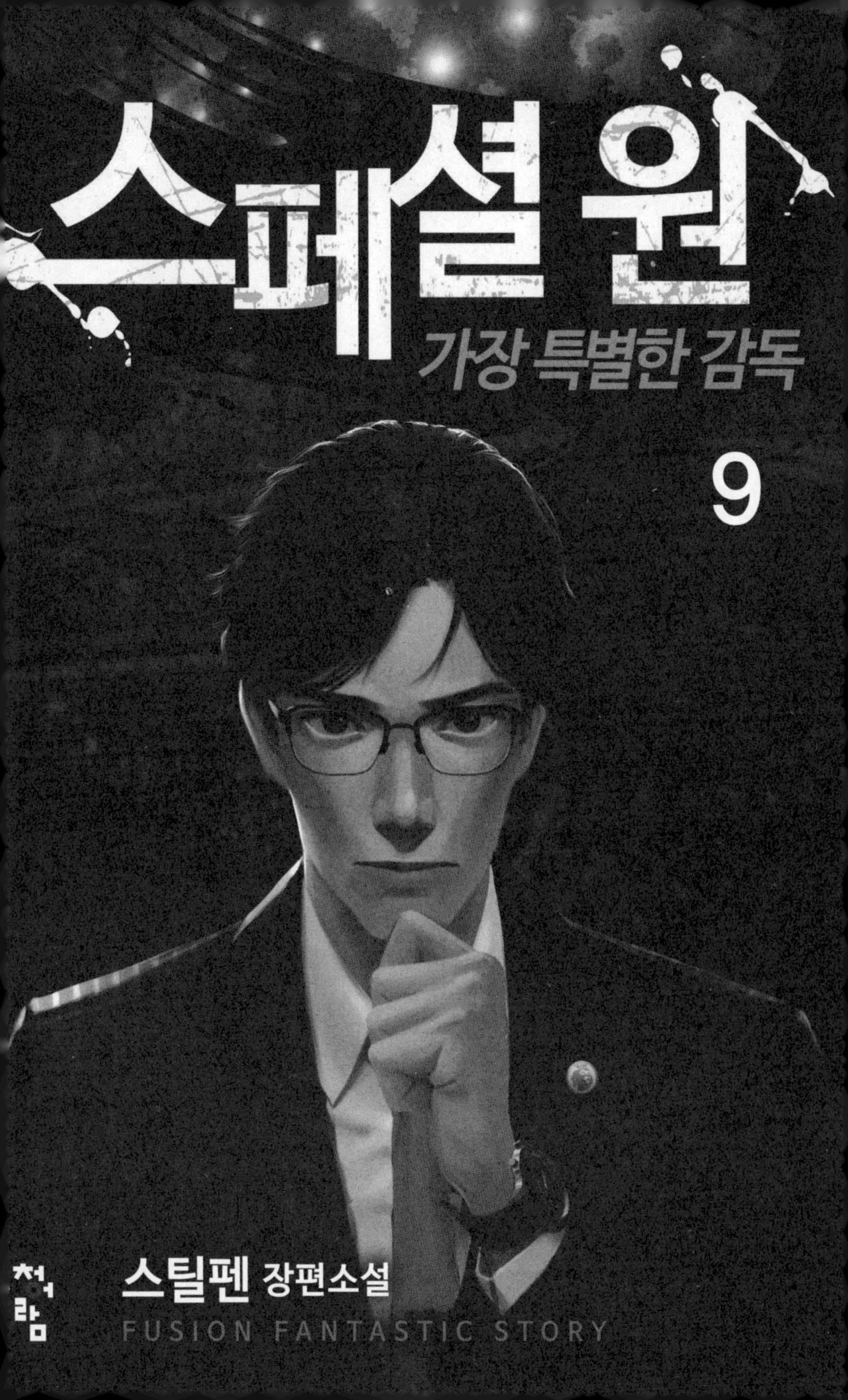
스페셜 원
가장 특별한 감독
9
스틸펜 장편소설
FUSION FANTASTIC STORY
청람

스페셜 원

가장 특별한 감독

CONTENTS

52 ROUND
더 소중한 것I

ㅡ이 장면이군요.

　그 시각.
　중계진은 방금 있었던 파울을 리플레이로 보며 상황을 되돌아보았다.
　순간적으로 페널티에어리어를 침투하던 파레호에게 스루패스가 찔러졌고.
　레알 소시에다드의 센터백이 태클을 한 것도 동시였다.

　ㅡ아! 공을 먼저 건드렸네요!
　ㅡ오심입니다!

아노에타에 모인 관중들이 주심을 향해 야유를 퍼부었다.

아무래도 사람인 이상 오심이란 게 없을 수가 없지만, 라리가의 심판은 다른 리그에 비해 악명이 높은 편이었으니까.

파레호가 주심에게 다가간 건 그때였다.

그리고 공을 먼저 건드렸다는, 페널티킥이 아니라는 고백에 주심이 놀란 얼굴로 되물었다.

"진심인가?"

"네, 뭐."

"당사자가 그렇게 말한다면, 알겠네."

마지막으로 확인을 한 심판이 얼떨떨한 얼굴로 고개를 끄덕이고선 휘슬을 들었다.

오심의 여부는 전반전이 끝난 뒤 심판 대기실에서 알게 되겠지만, 대부분의 선수들은 오심인 걸 알면서도 그냥 넘어갈 때가 많기 때문이다.

판정을 번복하는 것도, 오심을 솔직하게 인정하며 페널티킥을 반납하는 것도 분명 흔치 않은 일이었다.

─주심이 판정을 번복했습니다!

─아무래도 파레호가 오심에 대한 이야기를 했나 보군요!

한숨을 쉰 파레호가 몸을 돌렸다.

눈을 크게 뜬 동료들의 얼굴을 보니.

오늘따라 팔에 걸린 주장 완장이 더욱 무겁게 느껴졌다.

"미안하다."

"아니, 멋졌어요."

"용감한 선택이야. 우리의 눈치를 볼 필요는 없어."

가야와 토비가 그런 파레호를 격려했다. 다른 동료들도 그의 솔직한 선택에 엄지를 들었다.

그뿐만이 아니다.

레알 소시에다드의 선수들도 파레호의 정직함에 박수를 보냈다.

아니, 박수를 치는 건 그들만이 아니다.

벤치에 있던 원지석 역시 잘했다는 듯 박수를 쳤으며.

방금까지 사납게 야유를 퍼붓던 아노에타의 관중들도 박수로 감사를 표했다.

"아직 훈훈해질 시간은 아니야!"

슬슬 정리가 되자 원지석은 선수들의 정신을 각성시켰다. 감상에 빠지기엔 너무 이른 시간이었다.

경기는 다시 치열하게 진행되며 서로의 골문을 노렸다.

―측면에서 드리블을 하는 바르보사!

디발라의 패스를 받은 바르보사가 수비 라인을 타면서 측면을 휘저었다.

레알 소시에다드의 쓰리백은 필사적으로 공간을 수비했고,

딱히 틈이 보이지 않자 혀를 찬 바르보사가 다시 디발라에게 공을 넘겼다.

　―디발라의 슈우웃!!
　―하지만 들어가지 않습니다!

　쾅!
　강하게 쏘아진 슈팅이 골대 위를 아슬아슬하게 스쳤다.
　멀리 날아가는 공을 보며 디발라가 답답하다는 듯 긴 숨을 내쉬었다. 좀처럼 기회가 생기지 않는 것이다.
　레알 소시에다드의 쓰리백은 수비 시엔 라인을 깊숙이 내렸고, 공격을 나설 때엔 측면 윙백들을 이용했다.
　본래 공격형미드필더인 그들은 날카로운 모습을 보이며 발렌시아의 수비진을 찔렀다.
　"가야는 그쪽에 있고, 콘도그비아!"
　"말 안 해도 알아!"
　측면을 노리는 레알 소시에다드의 선수들을 보며 파레호가 지시를 내렸다.
　콘도그비아가 일차적인 압박을 가하면 파레호 본인이 나서서 숨통을 조일 생각이었다. 가야는 역습을 위해 조금 떨어진 곳에 두었고.

　―몸을 비비는 파레호!

—끈질기게 달라붙습니다!

콘도그비아를 돌파한 레알 소시에다드의 윙어는 자신에게서 떨어지지 않는 파레호를 보며 얼굴을 구겼다.

딱히 직접적인 태클을 시도하진 않았지만.

어디로 갈지 알고 있다는 듯 길목을 차단하고 있는 게 거슬렸다.

"꼼짝 말고 있어!"

그러는 사이 다시 따라붙은 콘도그비아가 공을 빼내는 데 성공하며 발렌시아의 역습이 시작되었다.

파레호가 전방을 향해 긴 롱패스를 찔렀고, 이를 받은 가야가 디발라에게 연결했다.

좋은 움직임으로 레알 소시에다드의 압박을 벗어난 디발라는 저 멀리 있는 산티 미나를 보았다.

—톡 띄워지는 패스!

페널티에어리어에 침투하던 산티 미나를 향해 로빙 패스가 올려졌다.

떨어지는 공을 보며 그가 주춤주춤 슈팅 자세를 취했고, 수비수들이 달려들 때에는 발리슛을 때린 뒤였다.

쾅!

아크로바틱한 돌려차기 슛이 골문을 향했다.

슈팅은 센터백의 무릎을 지나쳤으며, 이제 골키퍼만을 남겨둔 상황.

골키퍼가 필사적으로 손을 뻗었지만 결국 공에 닿지 못했다.

─고오오올! 마침내 터진 발렌시아의 선제골!
─산티 미나의 환상적인 슈팅이었어요!

골을 넣은 산티 미나가 원정 팬들이 있는 곳까지 달려가 춤을 추었다. 최근 유행하는 게임에서 나오는 셀레브레이션인 모양이었다.

이후부터는 레알 소시에다드도 좀 더 적극적으로 나섰지만, 딱히 변화가 있진 않았다.

골문 근처까지 가는 역습이 몇 번이나 반복됐을까.

삐이익!

결국 경기 종료를 알리는 휘슬이 울렸다.

스코어는 1 : 0.

산티 미나의 감각적인 골로 승리를 거둔 발렌시아였다.

"파레호!"

안도의 한숨과 함께 땀으로 젖은 얼굴을 닦던 파레호는, 등에서 느껴진 화끈한 통증에 깜짝 놀란 얼굴로 뒤를 돌아보았다.

언제 왔는지.

그라운드에 들어온 원지석이 등을 찰싹 때린 것이다.

"뭘 그렇게 긴장해요?"

"감독님."

"혹시 자기 때문에 잘못될까 봐 겁을 먹었다든지?"

"설마요. 그런 거 아닙니다."

"아니긴. 누굴 속이려고."

피식 웃은 원지석이 물병을 건넸다.

그 물병을 받은 파레호는 말없이 뚜껑을 땄다.

티가 났던 걸까. 선수들의 심리를 잘 파악하는 감독이었기에 어쩌면 얼굴에 훤히 드러났을지도.

"무승부를 거두거나, 패배를 당했어도 당신의 행동을 탓하진 않았을 겁니다."

"탓하셔도 상관없어요."

"왜요?"

"그거야……."

파레호는 머쓱한 얼굴로 시선을 피했다.

만약 페널티킥을 그대로 찼다면 한층 더 쉽게 경기를 이끌어 나갔을지 몰랐다.

거기다 예전에는 비슷한 상황에 눈을 감은 적도 있었고. 왜 그때는 그러지 않았냐고 묻는다면 할 말이 없는걸.

"자부심을 가져요. 당신이 오늘 보여준 행동은, 말만 번드르르한 것보다 훨씬 어려운 일이었으니까."

그 말을 끝으로 등을 돌려 버리니 파레호가 쓴웃음을 지었다.

미지근한 음료가 목구멍을 타고 흐르는 걸 느끼며 그제야 긴장이 풀렸다.

「[마르카] 힘든 승리를 거둔 발렌시아!」
「[스포르트] 무엇보다 값졌던 주장의 정직함!」

이번 경기는 다른 무엇보다 번복된 페널티킥이 화제가 되었다.

아무리 오심이어도.

한 골, 그게 승점 3점으로 연결될 수 있기에, 오심인 걸 알아도 사실대로 말하지 않는 선수들은 꽤 많았다.

"제 행동이 팀의 우승 레이스에 부정적인 영향을 끼치지 않아 다행입니다."

그렇게 말한 파레호가 안도의 한숨을 쉬었다.

정직함의 결과가 좋지 못하다면 슬프지 않겠는가.

그는 자신의 상황을 잘 알고 있었다. 이번 시즌이 오랫동안 몸을 담았던 발렌시아에서의 마지막이라는 것 또한.

동시에 파레호는 그동안 하지 않았던 고민을 하게 되었다.

과연 그는 팬들에게 어떤 선수로 기억될까.

그러던 상황에 찾아온 오심이었다.

"그냥 눈을 감을 수도 있었죠."

도리어 정직함보다 한 골을 원하는 팬들마저 있을 테니까.

그러나 파레호는 그러고 싶지 않았다.

선수 생활의 황혼에서야 깨닫게 된 것은.

때로는 한 골보다 소중한 게 있다는 거였다.

＊　　　　＊　　　　＊

「[마르카] 이번 시즌 분수령이 될 엘 클라시코!」

「[스포르트] 전반기 최고를 가린다!」

"곧 시작하는군."

자리에 앉은 원지석이 TV를 틀었다.

이번 시즌 우승 레이스에 중요 포인트가 될 엘 클라시코가 얼마 남지 않았다.

"느글느글한 녀석."

"천박한 늙은이."

사리와 오르텐시오는 서로를 보며 으르렁거렸다.

두 팀 못지않게 사이가 험악한 두 감독이었다.

특히 저 번들거리는 머리통을 대걸레처럼 빨아버리겠다는 사리의 발언은, 오르텐시오의 역린을 건든 듯했다.

경기가 시작되었다.

바르셀로나는 패스와 점유율을 중심으로 경기를 풀었고, 이에 반해 레알 마드리드는 강한 압박을 통해 바르셀로나를 찍어 누를 생각이었다.

"와, 저기서 슈팅을 하네."

경기를 보던 원지석이 무심코 감탄할 플레이들도 여러 번 나왔다. 수비수들에게 꽁꽁 붙잡혀 있으면서도 시저스킥을 날린 것이다.

괜히 세계 최고의 선수들이라 불리는 게 아니었다.

'발렌시아와 붙는다면.'

남의 일이 아니다 보니 원지석은 차게 식은 눈으로 경기를 지켜보았다.

저 녀석을 상대해야 된다면 어떤 수비를 짜야 할까. 어떤 유형의 선수를, 전술을 가져와야 막을 수 있을까.

'직업병이군.'

원지석은 냉장고에서 맥주 한 병을 꺼냈다.

그러는 사이 민감한 파울이 있었는지, 양 팀의 선수들이 서로를 밀치며 싸우는 모습이 보였다.

한 명 두 명씩 끼어든 신경전은 결국 벤치클리어링으로 이어졌다.

감독, 선수, 코치 누구랄 것도 없이 싸우기 시작한 것이다.

"개판이네."

술안주로는 딱 좋은 광경이리라.

피식 웃은 그가 복잡한 머리를 차가운 맥주로 식혔다.

원지석으로서는 어느 팀이 이기기보다는 무승부를 거두는 게 가장 좋았다.

사이좋게 2점을 잃는다면 좋을 텐데.

상황이 정리되고 때마침 카메라가 레알 마드리드의 벤치를 비추었다.

정확히는 동전을 만지작거리는 오르텐시오의 모습을.

이제는 하나의 쇼맨십으로 자리 잡게 된 동전 점괘는, 카메라가 집중적으로 포커스를 맞춰줄 정도였다.

─생각하던 쪽이 나오지 않았나 보군요?

─하하, 뒷면을 보고 고심하는 오르텐시오 감독입니다.

오르텐시오는 동전을 확인하고선 얼굴을 찌푸렸다. 아무래도 생각하던 쪽이 나오질 않은 모양이었다.

하지만 무엇을 떠올렸는지.

카메라가 있는 쪽을 가리킨 그가 이윽고 동전을 뒤집었다.

"허."

중계진들이 뭐라 뭐라 떠들었지만, 원지석은 그게 자신에게 보내는 메시지임을 깨달았다.

지난번 레알 마드리드와의 경기에서 오르텐시오에게 한 행동이었으니까.

그때 이후로 무언가가 바뀌었다는 퍼포먼스인가.

아무래도 다른 사람들 역시 성장을 멈추지 않은 모양이다.

결국 경기는 교체로 들어간 아센시오가 골을 터뜨리며 레알 마드리드의 승리로 끝났다.

TV를 끈 원지석은 마지막으로 가족사진을 확인하고서야 잠에 들었다.

「[마르카] 엘 클라시코에서 승리를 거둔 레알 마드리드!」
「[스포르트] 사리, 짜증 나는 패배다」

그렇게 전반기 최고의 빅 매치가 지나가고.
발렌시아의 시즌도 어느덧 중반에 다다랐다.
챔피언스리그 본선을 확정 짓고, 리그에서도 치열한 우승 레이스를 이어가던 중.
마침내 본선 대진표가 짜였다.

「[오피셜] 발렌시아, 스포르팅 리스본과 16강에서 맞붙다」

스포르팅 리스본.
포르투, 벤피카와 더불어 포르투갈 리그의 명문 중 하나이자.
회장 자리에 앉은 브루노는 미치광이로 이름 높은 사람이란 게 특이점인 클럽이었다.
어느 정도였냐면 선수단 전체를 비난하고, 선수단을 폭행하도록 울트라스에게 사주했다는 논란이 있을 정도였으니까.
몇 시즌 전에 있었던 리스본 엑소더스는 꽤나 많은 화제가 되기도 했다.
폭군으로 악명 높았던 로만도 그 정도는 아니었다. 그럼에도 팀을 다시 챔피언스리그로 이끈 건 그의 장단점을 보여준 사례고.

「[수페르 데포르테] 원지석을 비난하는 브루노!」

"2월까지 기다리는 게 너무 힘들다. 그 포르투 출신의 애송이를 박살 내고 싶거든."

그 자신만만한 인터뷰에 원지석이 웃었다.

옆에 있던 코치와 선수들은 흠칫 어깨를 떨었지만.

53 ROUND
반가운 이들

스포르팅 리스본의 회장인 브루노 데 카르발류를 칭하는 별명은 많았다.

깡패, 독재자, 미치광이.

그중에서도 가장 많이 불리는 별명은 미치광이일 것이다.

브루노는 지금까지 많은 이들과 싸웠다. 심판, 상대 팀 감독, 심지어 13경기 무패를 이끌던 자기 팀 감독까지.

그런 브루노의 악명을 크게 높인 사건이 있었는데, 바로 스포르팅 엑소더스 사건이었다.

'버르장머리 없는 새끼들!'

선수들에게 징계를 내리겠다고 으름장을 놓았을 때 나온 발언으로, 사건의 시발점은 유로파 리그에서 AT 마드리드에게 패배를 당했을 때였다.

브루노는 19명의 선수를 공개적으로 비난했고, 이에 선수단과 큰 불화가 생겼다.

여기까지라면 그저 성격 더러운 회장으로 생각할 수 있겠지만.

사건의 하이라이트는 이제부터 시작이었다.

「스포르팅의 훈련장을 습격한 서포터들!」

당시 헤드라인을 장식한 문구다.

챔피언스리그 진출에 실패하자 분노한 울트라스들이 훈련장을 덮친 끔찍한 사건.

그들은 라커 룸까지 들어와 난동을 부렸고, 사람들이 다쳤으며, 목숨을 위협당했다.

진짜 문제는 그 뒤였다.

이 사건을 사주했다고 지목된 사람이 바로 스포르팅의 회장인 브루노였다는 것.

팀은 매우 큰 혼란에 빠졌다.

「[마르카] 리스본 엑소더스 이후 첫 16강에 오른 스포르팅!」
「[스포르트] 브루노 회장의 두 얼굴!」

결국 많은 선수들이 팀을 떠났다.

심지어 감독마저 계약을 해지하며 팀을 떠났지만.

주범으로 꼽힌 브루노에 대해서는 직접적인 연관성을 입증하지 못하며 솜방망이 처벌을 내리는 걸로 끝났다.

그렇게 포르투갈의 명문 구단 하나가 내리막길을 걸을 거라 예상되었음에도, 그들은 빠르게 팀을 수습하며 챔피언스리그에 복귀하는 데 성공했다.

이후 자신만만해진 브루노의 행동이 더욱 거리낌 없어진 건 두말할 필요가 없었다.

브루노는 이번에도 오만할 정도의 자신감을 드러냈다.

"원? 대단한 감독이지. 라이프치히 때까지는 말이야. 하지만 지금은 발렌시아잖아? 최근에는 스포르팅보다 유럽 대항전을 나간 적이 없는 팀이지."

강도 높은 도발이었다.

확실히 발렌시아는 챔피언스리그는커녕 유로파 리그 구경도 하지 못했으니까.

"차라리 원도 발렌시아보다 스포르팅의 감독을 하는 게 나을걸. 연봉을 대폭 깎는다면 받아줄 수 있지."

어깨를 으쓱이며 너스레를 떠는 그의 말에.

원지석은 답변을 보냈다.

"차라리 강등권 팀을 가고 말지, 그런 쓰레기 같은 회장이 있는 곳엔 가고 싶지 않군요."

역시나 수위 높은 답변이었다.

기자들은 신이 난 얼굴로 키보드를 두들겼고, 사람들은 2월까지 기다리기 힘들다는 반응을 보였다.

어찌 됐든 챔피언스리그 16강까지는 시간이 꽤 남은 상황. 발렌시아로서는 당장 남은 전반기를 잘 마무리하는 게 우선이 있다.

「[마르카] 발렌시아와 무승부를 거둔 레알 마드리드!」
「[스포르트] 치열했던 교체 싸움!」

레알 마드리드와의 경기는 매우 어려웠다.

원지석과 오르텐시오는 이제 서로를 잘 알고 있다는 듯 끊임없이 전술적인 변화를 주었으며, 교체로 들어간 선수들이 사이좋게 골을 넣은 건 이 경기의 백미라 할 수 있었다.

"즐거웠어요! 아름다운 레이디를 만나는 것 말고도 이렇게 가슴 뛰는 일이 있을 줄은 몰랐군요!"

"그거참……."

경기가 끝나고.

열정적으로 말하는 오르텐시오를 보며 원지석이 쓴웃음을 지었다.

지난 시즌 이후로 무언가 눈을 뜬 거 같은데.

그 시선이 심히 부담스러웠기에 원지석이 눈을 돌렸다. 차라리 호색한으로 남는 게 좋지 않았을까.

"기분 나쁘게, 쓰벌."

케빈 역시 못 볼 걸 봤다는 듯 얼굴을 구겼다. 똥개가 똥을 끊지, 저놈이 여자 말고 무언가에 진지해진다는 건 상상할 수 없었다.

"왜 오늘도 심술입니까?"

"그걸 몰라서 묻냐? 그날 이후로 네가 거세라도 하지 않는 이상 다 개소리란 걸 깨달았으니까. 정 심심하면 사리 영감이랑 놀든가."

"그 이름을 여기서 듣고 싶진 않은데."

사리를 언급하자 오르텐시오가 불쾌하단 뜻을 내비쳤다.

아무래도 구단 간의 사이처럼 둘의 관계도 깊은 골이 생긴 모양이었다.

헤어스타일을 비웃었던 인터뷰가 불화의 계기가 되었다는 점에선 애들 싸움 같기도 했지만.

'바르셀로나전도 얼마 남지 않았군.'

둘이 티격태격하는 걸 지켜보던 원지석이 어깨를 으쓱이고선 안경을 고쳐 썼다.

다음에 있을 바르셀로나와의 경기 역시 이번 전반기에서 가장 중요한 경기 중 하나일 터다.

현재 라리가의 순위는 레알 마드리드와 발렌시아의 공동 1위였고, 바르셀로나는 3위에 위치했지만 얼마든지 뒤집힐 수 있을 차이였다.

"꼭 이겨주십시오. 꼭!"

오르텐시오는 그런 당부를 남기고선 떠났다.

뭐, 그 부탁이 아니더라도 원지석은 반드시 승리할 생각이었다.

그렇게 맞이한 바르셀로나전은.

「[수프레 데포르테] 추가시간에 골을 넣은 쿠티뉴! 발렌시아를 침몰시키다!」

경기 막판에 실점을 허용하며 패배를 당하고 말았다.

일명 쿠티뉴 존이라 불리는 곳에서 강하게 감아 찬 슈팅이 골 망을 출렁인 것이다.

"시발."

쿠티뉴의 셀레브레이션을 보며 쓴 입맛을 다신 원지석이 한숨을 쉬었다.

발렌시아 선수들이 서둘러 공을 하프라인에 가져왔지만, 야속한 주심은 휘슬을 불며 경기를 끝냈다.

"아, 미친."

"우린 죽었다."

그들은 무시무시한 기세를 풍기는 원지석을 보며 침을 꿀꺽 삼켰다.

추가시간에 먹힌 실점만이 아니라, 오늘 경기 내내 부진한 경기력이 문제였다.

심지어 쿠티뉴가 멀리서 중거리슛을 찰 거라고 하프타임 동안 누누이 경고를 했으니.

"이 한심한 새끼들아!"

그날 발렌시아의 라커 룸은 큰 폭풍이 몰아쳤으며.
선수들은 혼이 빠진 얼굴로 버스를 탔다.

「[마르카] 라리가 전반기 결산」
「[스포르트] 어차피 우승은 레알 마드리드?」

라리가는 전반기를 마무리하며 겨울 휴식기를 맞이하게 되었다.

현재 1위는 레알 마드리드이며, 공동 2위로는 바르셀로나와 발렌시아가 있는 상황. 사람들은 이번에도 레알 마드리드가 우승을 할 거라는 의견에 힘을 실었다.

여기엔 이번 여름에 합류한 네이마르의 활약이 컸다.

남미 선수들은 전성기가 짧다는 편견이 있었는데, 서른을 넘긴 그는 전성기 못지않은 활약을 보여주며 레알 마드리드의 상승세를 이끈 것이다.

특히 바르셀로나와 발렌시아를 상대로 결정적인 골을 넣은 이도 네이마르였다.

셀레브레이션을 즐기는 그에게 휴지를 비롯한 돼지머리까지 던져진 것은 두말할 필요가 없었고.

「[마르카] 방심을 경계하는 오르텐시오」
「[스포르트] 아직 시즌은 끝나지 않았다!」

물론 그 승점 차이가 크지 않은 만큼, 언제든지 바뀔 수 있는 순위표다.

후반기에서 이 순위를 유지하기 위해, 또는 뒤집기 위해 겨울 이적 시장에서 누구를 데려오냐 한참 이야기가 나오는 외중에도.

발렌시아로서는 조금 먼 곳의 이야기였다.

「[수페르 데포르테] 원지석, 이번 겨울에 영입은 없다」

기존의 선수가 떠나지 않는 이상 영입은 없다고 못을 박은 것이다.

이는 FFP 룰을 의식한 점이기도 했고.

무엇보다 원지석의 거취가 확실하지 않았기에 영입에 조심스러운 편이었다.

"재계약이라."

원지석이 가라앉은 목소리로 중얼거렸다.

구단은 그의 에이전트인 한채희를 통해 재계약을 하고 싶다는 의사를 밝혔다.

'벌써 그런 시기가 왔나.'

발렌시아의 입장은 확실했다.

얼마를 원해.

돈이 얼마가 들든 간에, 그들은 원지석을 잡길 원했다.

이는 구단주인 피터 림이 보드진 회의에서 최우선 목표로

삼은 사항이었다.

오랫동안 부진에 허덕이던 팀을 부임과 동시에 챔피언스리그로 이끌었고, 이제는 우승 레이스에 합류시킬 정도로 뛰어난 퍼포먼스를 보여준다.

이런 감독을 놓치고 싶어 하는 팀은 없다.

—어떻게 하실래요?

"글쎄요."

한채희의 물음에.

턱을 괸 원지석은 쉽게 답하지 못했다.

계약기간은 2년이었고, 이제 이번 시즌이 끝나면 그 기간은 끝나게 된다.

사실 재계약을 하는 방법도 있었다.

라이프치히에서도 재계약을 하며 더 오랜 기간을 머물렀으니까.

발렌시아에서도 그러지 말라는 법은 없지 않은가.

실제로 보드진도 그 전례 때문에 재계약을 긍정적으로 바라보았다. 그가 올려놓은 팀은 상승 가도를 달리고 있는데 굳이 떠날 이유가 없었다.

"생각을 좀 해볼게요."

—네. 억지로 남을 필요는 없어요.

"그렇죠. 그래도 후회하지 않도록 결정을 내려야 하니까요."

전화를 끊은 원지석이 한숨을 쉬었다.

그가 떠날 가능성 역시 있었기에 겨울 이적 시장에서 선수를 영입하는 건 꺼려지는 일이었다.

재계약을 한다면 선수를 사 오겠지만, 곧 떠날지도 모르는 감독이니까.

"후우."

안경을 벗고 콧잔등을 주무르던 그가 몸을 일으켰다.

슬슬 떠나야 할 시간이었다.

가족들이 있는 집으로.

*   *   *

겨울 휴가가 끝나고.

가족과의 시간을 즐긴 원지석은 발렌시아로 돌아왔다.

이제 후반기를 위해 훈련장으로 운전을 하는 길이었다.

"원! 원의 차야!"

"와아아!"

훈련장을 구경하던 팬들, 관광객들이 원지석을 발견하곤 소리를 질렀다.

지난 시즌 초반에 있었던 극심한 부진에 야유를 퍼부었던 것과는 사뭇 다른 반응.

이제는 박쥐 군단이 자랑하는, 사랑하는 감독이 된 것이다.

"떠나지 마요!"

"이곳에 남아줘요!"

잔류를 바라는 팬들의 외침에 그가 쓴웃음을 지었다. 그러는 사이 선수들이 훈련장에 들어왔고, 그는 선수들과 인사를 나누었다.

"몸 상태는 어때?"

"근질근질거려요."

"입만 산 건 아닌지 보자고."

다행히 적당한 관리를 했는지 몸 상태가 크게 떨어지진 않았다. 눈에 띄게 둔해지거나 똥배가 나왔다면 지옥을 보여줬겠지만.

「[마르카] 후반기 스타트가 좋은 발렌시아!」

「[스포르트] 발렌시아, 코파 델 레이 4강 진출!」

발렌시아는 빡빡한 코파 델 레이를 병행하면서도 좋은 시작을 끊었다.

리그에선 연승을 이어갔고, 후반기부터 시작된 코파 델 레이에서도 준결승에 올랐다.

4강 상대는 이번 시즌 들쭉날쭉한 성적을 보여준 셀타 비고였다. 그들은 8강에서 레알 마드리드를 꺾는 이변을 보여주었고, 이제 연이은 제물로 발렌시아를 원했다.

「[수페르 데포르테] 셀타 비고를 박살 낸 발렌시아! 다시 한번 결승에 오르다!」

그리고 발렌시아는 1차전, 2차전을 모두 이기며 셀타 비고에게 승리를 거두었다.

그야말로 탈탈 털었다는 표현이 어울릴 4강이었다.

이제 코파 델 레이 결승까지는 시간이 남았지만, 지난 시즌과 달리 이번엔 빡빡한 일정이 끝나지 않았다.

챔피언스리그 16강이 연이어 기다리고 있기 때문이다.

「[마르카] 자신감에 찬 스포르팅의 회장!」

「[스포르트] 리스본 원정을 떠날 박쥐 군단!」

─여기는 포르투갈 리스본의 이스타디우 주제 알발라드입니다!

─오늘 챔피언스리그 16강이 열리는 만큼 홈 팬들의 뜨거운 응원이 끊이질 않는군요!

5만 명을 수용 가능한 주제 알발라드는 빈 자리를 찾기 힘들 정도로 많은 사람이 찾았다.

그중에는 스포르팅의 회장인 브루노 데 카르발류도 있었으며.

터널을 향해 걷던 원지석은 그와 마주쳤다.

잠시간의 시선 교환 끝에.

원지석이 웃었다.

미치광이라 불리던 브루노마저 흠칫할 미소로.

＊　　　　＊　　　　＊

"인상 깊은 답변이더군!"

브루노는 긴장했다는 사실을 지우려는 것처럼 과한 제스처와 함께 손을 내밀었다.

적어도 지금 이곳, 주제 알발라드에서 그는 신에 가까운 사람이다.

이 가짜 스페셜 원이 감히 까불어도 될 상대가 아니었다.

"내가 했던 말은 잘 생각해 보았나? 농담으로 한 말은 아니야. 받아주는 곳이 없다면 언제든지 리스본에 오게. 포르투 놈들보다 우리가 나을 테니까."

대신 연봉은 대폭 삭감해야겠지만.

몇 개월 전에 했던 도발을 다시 한번 꺼내자, 악수를 나누던 원지석이 피식 웃으며 대답했다.

"저 역시 거짓말은 아니었습니다."

"무슨……?"

"여기는 쓰레기가 오기엔 과분한 무대죠."

그 말에 브루노의 얼굴이 시뻘게졌다.

생각 같아선 이 건방진 동양인을 후려치고 싶었지만, 주변에 보는 눈이 많다. 푸들거리는 입가를 진정시킨 그가 입을 열었다.

"내 팀을 상대로 어떤 경기를 보여줄지 기대하겠네."

"내 팀, 내 팀이라."

구단을 자기 물건 취급하는 그 말에 원지석이 한숨을 쉬었다.

더 이상 말을 섞을 가치도 느끼지 못한 것이다.

"방금 그걸로 당신은 진 겁니다."

등을 돌린 그가 터널을 걸었다.

언제부터 있었는지, 발렌시아 선수들이 흥미진진한 얼굴로 이쪽을 보고 있었다.

"화났어요?"

"조금."

가야의 물음에 작게 긍정한 원지석이 경기장에 들어섰다.

5만 명에 가까운 사람들이 소리를 질렀지만.

솔직히 말해 별 감흥은 없었다.

'이런 팀에게 지는 건 수치다.'

미치광이의 장난감에게 패배를 당한다는 건 자존심이 구겨질 일이었다.

얼마 지나지 않아 양 팀의 선수들이 그라운드에 입장했다.

―홈팀인 스포르팅은 무난한 4231 전술을 구상했군요.

―발렌시아는 이번 시즌 확실하게 자리를 잡은 433 포메이션을 꺼냈습니다.

골키퍼 장갑은 하우메 도메네크가 꼈으며.

포백에는 가야, 토비, 데 리흐트, 뢰니에가 서며 수비진을 구축했고.

중원에는 세바요스, 콘도그비아, 솔레르가.

마지막 최전방에는 산티 미나, 디발라, 바르보사가 쓰리톱을 구성하고서 스포르팅의 골문을 노렸다.

"뭔가 좀 묘한데."

가야의 말에 다른 선수들이 고개를 끄덕였다.

그들 역시 스포르팅 선수들에게서 무언가 이질감을 느낀 것이다.

마치 교도소에 수감된 죄수를 보는 느낌이었다. 팀을 위해 뛰는 게 아닌, 몸값을 올려 탈출하겠다는 그런 눈빛이.

"우릴 상대로 몸값을 올리려는 건 좀 힘들 건데."

"네 몸값이나 떨어지지 않게 조심해."

삐이익!

휘슬과 함께 이야기를 나누던 발렌시아 선수들의 눈빛이 변했다.

그들은 시작부터 스포르팅을 강하게 몰아쳤다.

─빠르게 공격을 시도하는 발렌시아! 꽤나 적극적인 모습이네요!

16강 대진이 짜였을 때 브루노는 말했다.

최근 발렌시아는 자기들보다 유럽 대항전에 나간 적이 없는 팀이라고.

맞는 말이다.

하지만 하나 모르는 게 있다면.

그가 알던 팀과 원지석이 맡은 팀은 다르다는 거였다.

—빠르게 돌파하는 바르보사!

—스포르팅 선수들이 빠르게 자리를 잡는군요!

이번 시즌 스포르팅의 핵심적인 전술은 강한 압박에 이은 빠른 공격이다.

거기엔 새롭게 발굴한 유망주들의 힘이 컸다. 단순히 유망주 수준이 아니라, 챔피언스리그 예선에서도 2위를 차지할 정도의 잠재력을 뽐냈다.

—바르보사가 측면을 뚫는 데 성공했어요!

—겹겹이 쌓인 압박을 벗어납니다!

그런 스포르팅을 상대로.

바르보사는 자기 집 안방처럼 그들의 수비 라인을 휘저었다.

간결하고 빠른 드리블로 두 명을 뚫어낸 그가 중앙을 파고들며 동료들을 확인했다.

산티 미나가 좀 더 안쪽으로 들어가며 골을 노렸고, 디발라는 페널티에어리어 근처를 서성이며 또 다른 옵션이 되었다.

'어떻게 하지.'

고민을 하던 찰나.

바르보사와 디발라의 눈이 마주쳤다.

동시에 훈련장에서 지겹도록 합을 맞춘 기억이 떠올랐다.

"일단 줘!"

디발라 역시 그가 무슨 생각을 하는지 눈치를 챈 듯, 자신을 가리키며 소리쳤다.

ㅡ디발라에게 공을 전달하는 바르보사!

ㅡ아! 디발라가 논스톱으로 공을 띄웁니다! 오프사이드트랩이 뚫렸어요!

살짝 띄워진 공이 수비수들의 키를 넘겼고.

동시에 바르보사가 페널티박스를 향해 뛰었다.

순간적인 움직임이지만 골키퍼와의 일대일 기회를 갖게 된 것이다.

결국 동료들의 도움을 포기한 골키퍼가 슈팅 각도를 좁히기 위해 골문을 박찼지만.

쾅!

강렬한 슈팅이 골키퍼의 가랑이 사이로 쏘아지며 골 망을 출렁였다.

ㅡ바르보사! 바르보사의 슈우우웃!

─고오올! 경기 시작 13분 만에 터진 선제골!

"후우, 시발."

가랑이를 스친 오싹한 느낌에 스포르팅의 골키퍼가 욕지거리를 내뱉었다.

그냥 두 알을 포기하고 주저앉았어야 했나.

실점을 했다는 것 자체로 짜증이 났지만, 한심하다는 눈빛을 보내는 동료들의 시선은 더욱 짜증 났다. 지들이 잘 막았으면 이런 일도 없었을 텐데, 하여간 이놈의 팀을 빨리 탈출하든가 해야지.

"쟤들 표정 봤어?"

"11명이 따로 움직이던데요."

"그렇지? 이런 경기에서 지면 진짜 쪽팔리는 거야."

셀레브레이션을 하면서도 그들은 스포르팅에 대한 이야기를 나누었다.

유망주들로 이루어진 팀의 한계일까.

그들의 재능은 분명 빛났지만, 그게 따로 놀아서는 의미가 없다.

팀을 하나로 묶어줄 주장?

그 역시 엑소더스 때 팀을 떠났다.

챔피언스리그 예선에서는 고만고만한 팀들을 만났기에 겨우 2위를 차지했다고 쳐도… 제대로 된 팀들과의 대결에선 그 한계가 드러나게 마련.

현 감독 역시 브루노의 꼭두각시였기에, 선수들과의 유대감 같은 건 느껴지지 않았다.

―또 골입니다! 멀티골을 기록하는 데 성공한 디발라!
―이걸로 스코어는 4 : 0! 압도적인 차이예요!

디발라 특유의 검투사 셀레브레이션이 카메라에 잡혔다.
벌써 두 골을 넣었으며, 전체적인 스코어는 네 골 차이로 벌린 것이다.
바르보사의 선제골 이후 산티 미나의 추가골, 그리고 디발라의 멀티골까지. 그야말로 골 잔치가 벌어진 상황.

―아, 브루노 회장의 모습이 보이는군요?
―매우 화가 난 거 같습니다.
―몇 달 전부터 자신만만한 모습을 보였으니까요. 자존심이 강한 그에게는 꽤나 치욕스러운 일일 거예요.

중계 카메라가 부들부들 떠는 브루노의 모습을 비췄다.
지금까지의 행적을 보아, 경기가 끝나고 조용히 넘어가지 않을 가능성이 컸다.
삐이익!
그렇게 경기 종료를 알리는 소리이자.
스포르팅 팬들의 고통을 끊어주는 휘슬이 길게 울렸다.

「[마르카] 리스본 원정에서 대승을 거둔 박쥐 군단!」

「[스포르트] 큰 승리에도 냉정한 원지석」

"글쎄요, 또 한 번의 습격을 대비할 스포르팅 선수들에게 위로를 보내죠."

원지석은 기자회견에서도 브루노를 저격하는 말을 했다.

뭐, 정말 브루노가 사주를 하지 않았을 수도 있지만.

화가 난 울트라스가 다시 한번 훈련장을 습격할 가능성도 있지 않은가.

너스레를 떠는 그를 보며 기자들이 웃음을 터뜨렸다.

어찌 됐든 2차전까지는 대략 한 달 정도의 시간이 남았다. 챔피언스리그도 챔피언스리그지만, 라리가에서의 꾸준함도 매우 중요한 상황.

「[마르카] 데포르티보를 격파한 발렌시아!」

「[스포르트] 레반도프스키의 극적인 골로 승리를 챙기다!」

발렌시아는 리그에서도 상승세를 이어갔다.

AT 마드리드가 몇 번의 승리를 놓치며 우승 레이스에서 멀어졌고.

1위부터 3위까지는 한 번의 패배와 한 번의 승리로 순위가 뒤바뀔 치열한 경쟁을 유지했다.

그렇게 중간 일정을 잘 마무리한 발렌시아는 2차전 준비를 끝냈다. 1차전의 대패에 노발대발한 브루노는 다섯 골을 넣겠다며 칼을 갈았다.

스포르팅 선수들은 회장의 분노를 무서워하며 발렌시아로 떠났다.

「[수페르 데포르테] 스포르팅에게 축구 레슨을 시켜준 발렌시아!」

5 : 0.

2차전에서 벌어진 참극이었다.

도합 아홉 골이라는 점수 차도 점수 차지만, 더욱 끔찍한 건 단 하나의 슈팅도 발렌시아의 골라인을 넘지 못했다는 것.

"큰 점수 차이보다 실점이 없다는 게 기쁘네요."

원지석은 승리 소감을 담담히 밝혔다.

확실히 스포르팅의 유망주들은 순간적으로 번뜩이는 장면을 만들었지만, 제대로 마무리하지 못하며 기회를 날리고 말았다.

특히 시간이 지날수록 멘탈을 잡지 못했기에 쉽게 요리할 수 있었다.

"감독님의 팀은 매우 인상적인 승리를 거두며 8강에 올랐습니다. 어디까지 바라보시고 있나요?"

"오를 수 있는 곳까지 최선을 다할 생각입니다. 그게 8강이든, 우승 트로피든 말이죠."

아무리 강한 팀이라 해도 16강에서 떨어질 가능성이 있고, 반대로 약체라 불리는 팀이 빅이어를 들 수 있다.

축구공은 둥글다.

그 둥근 확률을 자신의 것으로 만드는 게 감독의 일이었고.

「[오피셜] 챔피언스리그 8강 추첨 발표」

마침내 대진표가 짜였다.

발렌시아가 이번에 상대해야 될 팀은 샤흐타르였다.

우크라이나의 지배자로, 16강에서 스위스의 전통적인 강호인 바젤을 꺾고 8강에 올랐다.

"스포르팅 같은 오합지졸을 생각하지 마라. 그들은 꾸준히 챔피언스리그에서 뛰었고, 팀으로서의 호흡도 스포르팅보다 더욱 나을 테니까."

원지석은 샤흐타르에 대한 경계심을 숨기지 않았다.

변방 리그의 강호라지만, 샤흐타르는 때때로 놀라운 승리를 보여주며 유럽 대항전에서 저력을 보여주는 팀이다.

스포르팅을 생각하고 방심하는 녀석은 없길 바랐다.

"이번에도 브라질 유망주인가."

경기를 대비해 자료를 분석하던 원지석은 관자놀이를 툭툭 두드렸다.

포르투갈 리그도 그렇고, 샤흐타르 역시 브라질에서 뛰어난 유망주들을 저렴한 가격에 데려오는 편이었다.

브라질 쪽에 꽤나 좋은 스카우트 망을 꾸린 건지, 그런 유망주들 중에는 자신의 잠재성을 증명하며 빅리그로 진출하는 선수들도 많았다.

"하여간 대단해."

최근에는 주춤한다지만, 그래도 여전히 화수분처럼 유망주들을 쏟아내는 나라다.

다가올 경기의 주요 포인트 역시 브라질 유망주였다. 이 녀석들을 어떻게 막아내느냐에 따라 승패가 갈릴 터고.

묵묵히 자료 영상을 보던 원지석은 8강에 대비해 모든 준비를 끝냈다.

그렇게 다가온 8강 1차전.

발렌시아는 홈으로 우크라이나의 지배자를 맞이했다.

「[마르카] 승리를 거둔 발렌시아!」

「[스포르트] 샤흐타르를 무너뜨린 디발라의 해트트릭!」

결과는 무난하게 승리를 거둔 발렌시아였다. 경기에 앞서 준비한 게 모두 맞아떨어졌기에 한층 더 기분 좋은 승리였고.

「[수페르 데포르테] 기어코 4강에 오른 발렌시아!」

이어진 2차전에선 무승부를 거둔 발렌시아는 마침내 4강에 올랐다.

굉장히 오랜만에 오른 4강에 팬들은 매우 기뻐하며 원지석의 이름을 칭송하고, 재계약을 요구했지만.

마음속으로 가닥을 잡았음에도 원지석은 확실한 답변을 내놓지 않았다.

혹여나 선수단의 분위기가 흐트러질 것을 우려한 것이다.

「[수페르 데포르테] 오늘 있을 챔피언스리그 4강 추첨, 예상 대진표는?」

원지석은 집에서 TV를 틀고 4강 대진 추첨을 지켜보았다.

추첨자로는 발렌시아의 레전드 골키퍼인 산티아고 카니사레스가 섰다.

"친정 팀인 발렌시아가 좋은 결과를 얻었으면 좋겠군요."

어색하게 웃은 카니사레스가 상자에 손을 넣고선 첫 공을 뽑았다.

공을 분해하고, 그 안에 들어 있는 종이를 확인한 그는 놀란 얼굴로 카메라를 보았다.

말이 씨가 된 건지.

처음 뽑힌 것은 발렌시아였다.

─하하, 발렌시아군요?
─과연 친정 팀의 상대로 누구를 뽑을지.

두 번째 공.

조심스레 꺼낸 공을 분해한 카니사레스가 카메라에 그 상대를 공개했다.

―아! 이럴 수가!

―참 인연이란 게 묘하군요!

발렌시아의 4강 상대.

그 이름을 확인한 원지석도 눈을 크게 떴다.

―라이프치히입니다!

―원 감독에겐 감회가 새롭겠네요!

라이프치히.

원지석으로선 반가운 이들을 만나게 된 것이다.

＊　　　　＊　　　　＊

「[키커] 적으로서 원지석을 만난 라이프치히!」

「[수페르 데포르테] 본인이 성장시킨 팀을 꺾어야 될 원지석!」

RB 라이프치히.

발렌시아가 4강에서 만날 상대이자.

원지석의 과거.

그가 성장시켰다는 말은 과장이 아니다.

아무리 구단의 지원이 풍족하더라도, 높이 오르지 못하는 팀은 많았으니까.

「[키커] 이방인에서 동독의 왕까지」

「[빌트] 메이저 트로피가 없던 구단은 어떻게 변했는가?」

원지석이 부임할 당시 라이프치히는 단 하나의 우승 트로피도 없었던 신생 구단이었다. 하부 리그 우승 트로피를 논외로 친다면 말이다.

그랬던 팀은 원지석과 함께한 다섯 시즌 동안 4개의 마이스터샬레를 챙겼고.

챔피언스리그에서도 꾸준한 성적을 내며 유럽의 새로운 강호로 떠올랐다.

「[키커] 50+1 정책의 개선을 논하는 분데스리가 구단들!」

가장 고무적인 건 분데스리가 내에서의 인식이 바뀌었다는 걸지도 모른다. 라이프치히의 활약에 자극을 받은 건지, 고집스러웠던 분데스리가도 서서히 변화를 준비하고 있었기 때문이다.

그리고 무엇보다.

원지석이 라이프치히에서 이룬 업적 중 트로피만큼이나 높게 평가되는 것은.

"꽤나 기대가 되는 경기입니다."

앳된 인상을 가진 남자였다.

그 옆에 앉은 사람은 매우 험상궂은 외모를 가졌기에 더욱 대비가 되었고.

하지만 무슨 이유인지.

험상궂게 생긴 이는 마이크를 든 사람의 눈치를 보는 중이었다. 제발 사고는 치지 말아달라는 것처럼.

그 기대를 저버리지 않듯, 앳된 인상의 그는 어울리지 않는 사나운 미소와 함께 입을 열었다.

누군가가 떠오르는 미소였다.

"우리를 떠나서 얼마나 좋은 팀을 만들었는지 기대가 돼요. 그리고 시원하게 박살 낸 뒤 그 양반이 후회하는 걸 보고 싶군요. 안 그래, 브레노?"

"오, 제발."

결국 벨미르가 폭탄 발언을 내뱉자 브레노가 한숨을 쉬었다.

이들이 트로피만큼이나 소중하다는 라이프치히의 보물들이자, 원지석이 키워낸 선수들이다.

원지석의 꾸준한 교정으로 지랄 맞은 성격은 꽤나 완화됐다지만.

그래도 특유의 터프함은 여전한 벨미르였다.

"그때 당신이 말했지. 챔피언스리그에서 만나자고."

녀석이 카메라를 향해 삿대질을 했다. 마치 그 너머에 원지석이 있다는 듯이.

"그게 지금이야. 각오해."

"벨미르, 좀!"

브레노의 당황하는 얼굴을 끝으로 인터뷰는 끝났다.

꽤나 화제가 되었던 인터뷰는 번역되어 모든 사람들이 보았고, 스페인에서도 마찬가지였다.

"이 새끼 이거, 여전하네."

영상을 보던 케빈이 킬킬거리며 웃음을 터뜨렸다.

그 역시 라이프치히 시절 벨미르에게 많은 신경을 썼으니 더욱 반가운 모양이었다.

물론 원지석은 쓴웃음을 지었지만.

"아직 철이 들진 않았네요."

"너 없다고 삐뚤어지지 않은 걸 다행으로 여겨야지."

마음이 맞는 감독의 아래에선 정신을 차리다가도, 그 감독이 떠나면 다시 멘탈을 잡지 못하는 경우야 꽤 많다.

옅은 미소를 지은 원지석이 스카우트 팀에서 보낸 자료들을 보았다.

솔직히 이런 자료들을 보지 않아도 될 정도로 녀석들에 대해선 잘 알고 있었다.

라이프치히를 떠나고서 그리 긴 시간이 흐른 것도 아니었으니까.

'이번엔 분데스리가 우승에 가까워진 건가.'

지난 시즌 라이프치히는 원지석이 떠난 후유증과, 새로운 감독 체제에서 출발하는 과도기를 겪었다.

그 결과 분데스리가 우승은 바이에른이, 챔피언스리그에서도 부진을 이어갔지만.

이번 시즌에는 확연히 나아진 모습을 보여주며 리그에선 아슬아슬한 선두를, 챔피언스리그에선 4강에 올랐다.

"망신을 당하지 않으려면 힘내야죠."

원지석은 새로운 감독 체제에서 달라진 녀석들을 분석하며 대응책을 짰다.

「[마르카] 끝이 다가옴에도 치열한 우승 레이스!」
「[스포르트] 세 팀 모두 가능성이 있다!」

챔피언스리그 4강이 가까워진다는 건.

즉, 라리가의 끝도 얼마 남지 않았다는 거였다.

현재 선두는 레알 마드리드지만, 한 경기로 얼마든지 선두가 바뀔 수 있는 상황.

보통 4강 2차전을 전후로 리그가 마무리되는 만큼, 이제부터 한 경기 한 경기가 결승전이나 다름없다.

"이제부턴 체력 싸움이야."

원지석은 일정을 보며 골머리를 앓았다.

현재 챔피언스리그에서 생존한 라리가 팀은 발렌시아와 레

알 마드리드뿐이었는데, 이러한 점은 체력적인 부담으로 다가
왔다.

「[마르카] 아노에타 징크스를 이어가는 바르셀로나!」
「[스포르트] 바르셀로나의 충격적인 패배!」

그런 상황에 변수가 생겼다.

3위였던 바르셀로나가 레알 소시에다드에게 일격을 당하며,
우승 레이스에서 주춤하게 된 것이다.

그 소식에 1위를 다투던 오르텐시오와 원지석의 눈이 번쩍
뜨였다. 그만큼 다가올 경기의 중요성이 더욱 커지게 되었다.

이번 경기에서 이기는 자가.

왕좌를 차지한다.

「[수페르 데포르테] 발렌시아와 레알 마드리드, 리그 우승을 위한
결전!」

체력적으로 고비가 될 경기였다.

이 경기가 끝나면 챔피언스리그 4강이 얼마 남지 않았기 때
문이다.

리그와 빅이어.

둘 중 하나를 고르라면, 대부분의 사람들은 후자를 고를 정
도로 유럽 클럽들에게 빅이어는 각별한 의미를 가진 트로피다.

'승부수를 걸어야 돼.'

원지석은 선택의 갈림길에 섰다는 걸 깨달았다.

발렌시아는 오랫동안 라리가 우승이 없던 팀이다. 가장 최근에 우승한 것도 2003/04 시즌이었으니까.

지금이 23/24 시즌이니 정확히 20년 전이었다.

그런 팀의 감독으로서, 두 마리의 토끼 중 하나를 포기할 수는 없었다.

"오르텐시오로서는 이번 경기에 로테이션을 돌리지 않을까요?"

한 코치가 그런 의견을 꺼냈다.

라리가 우승이야 언제든지 노릴 수 있지만, 챔피언스리그는 다르다.

당장 지난 시즌에 우승 트로피를 들었으니 이번엔 빅이어를 노리지 않겠냐는 의견에 케빈은 고개를 저었다.

"아니, 이번 시즌에 들어 사람이 약간 바뀌었더라고."

"바뀌어요? 어떻게요?"

"뭐라 해야 하지, 쟤처럼 좀 변태가 되었다고 해야 하나."

케빈은 턱짓으로 한쪽을 가리켰다.

갑작스레 변태로 찍힌 원지석이 얼굴을 찌푸리며 답했다.

"또 무슨 개소리예요?"

"모르면 됐어. 결론은 핵심적인 선수들은 나올 가능성이 크다고 봐."

"아마 네이마르는 나오겠고."

원지석은 네이마르의 얼굴 스티커가 붙은 자석을 전술 보드에 붙였다.

이번 시즌 쏠쏠한 활약을 보여준 네이마르는 체계적인 관리를 받으며 컨디션을 유지시켰다.

이렇게 큰 경기이면서, 체력적인 로테이션이 필요한 때를 위해 영입된 선수이니 반드시 나오겠지.

'우리도 놀고만 있던 건 아니야.'

전반기부터 꾸준히 로테이션을 돌리며, 로테이션 멤버들의 폼을 유지한 건 이런 때를 위해서였다.

결정을 내린 원지석이 선언했다.

"레알 마드리드를 꺾고, 라이프치히까지 이길 겁니다."

*　　　　*　　　　*

─사실상 이번 시즌의 우승 팀을 결정지을 경기입니다!

─바르셀로나 팬들은 제발 두 팀이 비기길 바랄 거예요!

와아아!

누에보 메스타야에 모인 관중들이 터널을 지나 그라운드에 입장하는 선수들에게 환호를 보냈다.

오늘 경기에서 이긴다면, 아니, 이겨야지만 그토록 염원하던 우승에 한 발짝 가까워지게 된다.

—양 팀의 라인업입니다.

—먼저 홈팀인 발렌시아부터 살펴보도록 하죠. 경기 전에 발표된 라인업에 당황한 팬들이 많을 거라 생각해요!

—네. 설마 오늘 같은 빅 매치에서 로테이션을 돌릴 줄은 예상하지 못했습니다. 라리가를 포기하고 챔피언스리그에 힘을 쏟는 걸까요?

골키퍼 장갑은 하우메 도메네크가 꼈으며.

포백에는 가야, 무리요, 데 리흐트, 후벤 베주가 수비 라인을 구축했고.

중원에는 토니 라토, 세바요스, 코클랭, 페란 토레스가.

최전방에는 레반도프스키와 바르보사가 투톱을 구성하며 442 포메이션을 완성했다.

—전체적으로 수비에 중심을 둔 전술 같군요.

—네. 왼쪽 풀백인 토니 라토를 윙어 자리에 둔 점이나, 수비에 강점을 보이는 베주를 선발로 뽑은 점에서 그런 게 보여요.

중계 카메라가 토니 라토를 잡았다.

원지석이 부임할 때부터 그는 가야의 백업을 맡았고, 전술에 따라 윙어나 수비형미드필더로 뛸 때도 많았다.

물론 그가 지금까지 윙어 자리에서 뛴 경험이 없다는 건 아니다.

전임 감독들은 토니 라토의 포지션 변화를 꾀했지만 절망스러운 퍼포먼스 끝에 포기했고, 결국 원지석 체제에서야 안정적으로 자리를 잡았다.

오른쪽 풀백으로 나온 후벤 베주 역시 공격적인 모습을 갈고닦았지만, 아직까진 수비적인 강점이 뚜렷한 선수였기에 수비 강화를 위한 선발이라는 평가가 지배적이었다.

─이에 맞서는 레알 마드리드의 라인업입니다.
─오르텐시오 감독 역시 약간의 변화를 주었네요.

골키퍼 장갑은 케파가 꼈으며.

포백에는 테오 에르난데스, 헤수스 바예호, 바란, 카르바할이.

중원에는 코바치치, 마르코스 요렌테, 이스코가.

마지막 최전방에는 네이마르, 해리 케인, 아센시오가 쓰리톱을 구성하며 433 포메이션을 완성했다.

─중원을 제외하곤 핵심적인 선수들 대부분이 자리를 잡았습니다.
─챔피언스리그 4강까지 강행군을 하겠다는 뜻일까요?

"저를 우습게 보는 겁니까?"
오르텐시오가 화가 난 얼굴로 물었다.

몇 시간 전에 발표된 발렌시아의 라인업을 보고선 그는 큰 충격을 받았다.

최고의 싸움을 기대했음에도, 원지석이 내놓은 선발 명단은 실망스러웠으니까.

"우습게 봐요? 아니, 당신은 뭔가 착각하고 있어요."

원지석은 그 말을 부정했다.

오늘 이 라인업은.

승리를 위해 짜인 선수들이다.

"충고하건대, 조심하는 게 좋을 겁니다."

"…과연 어떨지 기대하죠."

떨떠름한 얼굴이 된 오르텐시오가 고개를 저으며 돌아갔다.

얼마 지나지 않아.

삐이익!

경기 시작을 알리는 휘슬이 울렸다.

원정팀인 레알 마드리드는 조심스러운 운영을 하면서도 직접적인 공격을 시도했다.

여기에 중심이 된 선수가 네이마르였다.

전성기가 지나며 예전 같은 폭발력을 뿜내진 못하지만, 공을 다루는 스킬은 여전한 그는 중앙에서 자유롭게 움직이며 레알 마드리드의 열쇠가 되었다.

자물쇠를 여는 열쇠 말이다.

―아! 토니 라토와 코클랭이 네이마르를 차단하는군요!

─사실상 중앙미드필더처럼 움직이는 토니 라토입니다!

토니 라토가 압박하고, 코클랭이 뺏는다.

원지석이 특별히 준비한.

자물쇠에 덧대어진 철판이었다.

"다니!"

토니 라토가 세바요스에게 공을 찔렀고.

세바요스는 시원시원한 드리블로 레알 마드리드 진영을 향해 달렸다.

그런 그를 향해 압박하는 선수는 마르코스 요렌테였다. 바이백을 통해 다시 친정 팀에 복귀한 수비형미드필더.

한때는 한솥밥을 먹었던 둘이 눈을 마주쳤다.

"오랜만이야, 다니."

"인사는 나중에."

그러면서 요렌테에게서 등을 돌린 세바요스가 측면으로 공을 보냈다.

거기엔 가야가 있었으며.

토니 라토가 수비적인 부담을 가져갔기에 오늘 그는 더욱 공격적인 재능을 뽐냈다.

─가야의 높은 크로스가 페널티박스를 향합니다!

─레반도프스키의 헤딩!

먼저 자리를 잡은 레반도프스키가 헤딩에 성공했다. 하지만 골을 노린 헤딩은 아니었다.

좀 더 뒤쪽.

눈을 빛내며 달리는 바르보사에게 패스를 하기 위해서였지.

'슈팅을 하기엔 애매한데.'

속력을 줄이지 않은 바르보사가 생각했다.

그렇다고 속도를 죽이기엔 너무 좋은 기회였다.

잠시 고민하던 그는 좋은 생각이 떠오른 듯 몸을 던졌다. 마치 물속으로 몸을 던지는 것처럼 낮은 다이빙 헤더였다.

―바르보사아아!

퉁!

정수리가 공을 정확히 때렸다.

        *   *   *

스파이크를 때리듯.

바닥에 내리꽂힌 공이 다시 한번 튀어 올랐다.

'시발.'

레알 마드리드의 골키퍼인 케파가 자신의 손을 피하는 공을 멍하니 좇았다.

재빠른 반사신경으로 몸을 던졌지만, 이렇게 바운드되는 상황을 예측하긴 어려웠다. 결국 그의 몸이 바닥에 떨어지는 것과 동시에 공은 골라인을 넘었다.

—고오오올! 바르보사의 다이빙 헤더가 골을 만들었어요!
—전반 28분 만에 터진 선제골! 앞서 나가는 건 발렌시아입니다!

골을 넣은 바르보사가 관중들이 있는 곳까지 달리며 그대로 몸을 미끄러뜨렸다.

그러고선 슈퍼히어로처럼 포즈를 취하는 셀레브레이션에 누에보 메스타야에 모인 사람들이 엄청난 환호성을 보냈다.

하지만 오르텐시오는 그 셀레브레이션을 보지 않았다.

떨떠름한 시선이 향한 곳엔.

어깨를 으쓱이는 원지석이 있었다.

"조심하라고 했죠?"

그 미소에 오르텐시오가 혀를 찼다.

아직 시간은 많다. 한 골 차이야 얼마든지 따라잡을 수 있었고.

그는 주머니 속의 동전을 만지작거리며 그라운드에서 눈을 떼지 않았다.

—드리블로 발렌시아의 압박을 따돌리는 네이마르! 아주 멋진 기술입니다!

네이마르는 발에 접착제를 발라놓은 것처럼 공을 떨어뜨리지 않는 스킬을 보여주었다.

토니 라토의 일차적인 압박은 플립 플랩으로 따돌렸으며, 이어서 코클랭이 거친 몸싸움을 걸어오자 화려한 턴 동작으로 벗어났다.

그 화려한 스킬에 발렌시아의 관중들이 탄성을 질렀다.

상대 팀 선수이긴 하지만 슈퍼스타가 보여주는 화려한 플레이에 감탄을 하면서도, 동시에 불안함이 섞인 소리였다.

"조금만 더 시간을 끌어!"

수비 라인에 복귀하던 가야가 센터백들을 향해 소리쳤다. 만약 네이마르를 직접 막겠다고 나서다간 케인의 슈팅이 불을 뿜을 것이다.

"너넨 측면으로 빠져!"

네이마르를 압박하는 데 실패한 미드필더들에겐 아센시오를 막으라며 소리친 그가 속도를 올렸다.

다행히 센터백들은 공간 수비를 하며 시간을 끄는 데 성공했고, 늦지 않은 가야는 네이마르에게 압박을 걸었다.

─두 선수가 다시 한번 부딪치네요!

─가야에게서 등을 지는 네이마르! 아! 그대로 라보나 킥을 합니다!

한쪽 발을 중심으로 삼고, 다른 발은 뒤로 엇갈리며 공을 때리는 기술. 실용성이 매우 떨어지는 스킬이지만, 그만큼 매우 화려한 스킬이기도 하다.

그런 스킬을 자신의 앞에서 쓰자 가야가 자존심에 상처를 받은 듯 얼굴을 구겼다.

문제는 그 라보나 킥으로 한 패스가 향한 곳이었다. 아까부터 먹이를 원하는 듯 어슬렁거리던 케인이 별다른 도움닫기 없이 그대로 슈팅을 때려 버린 것이다.

─케인의 슈우우웃!

쾅!

강하게 때려진 슈팅은 골문을 살짝 빗나가고 말았다.

─아아! 빗나갔어요!
─하우메 도메네크가 안도의 한숨을 쉽니다!

빗나갔지만 꽤나 위협적인 슈팅이었기에 간담이 서늘해질 장면이었다.

반대로 레알 마드리드 팬들은 역전에 대한 희망을 가지며 더욱 응원 소리를 높였다.

하지만 경기가 진행될수록.

생각처럼 흘러가지 않는 상황에 오르텐시오가 얼굴을 구겼다.

―발렌시아의 역습이 매섭군요!
―페란 토레스의 놀라운 질주였어요!

터치라인을 따라 재빠르게 달리던 페란 토레스가 바르보사에게 공을 전달했고, 수비수들을 끌고 온 바르보사는 다시 측면으로 공을 연결했다.

이후 페널티에어리어까지 들어와 슈팅을 때렸지만, 이번엔 케파의 동물 같은 움직임에 막혀 버리고 말았다.

"그냥 막 차지 마! 좀 더 집중하란 말야!"

터치라인에 선 원지석은 선수들을 끊임없이 자극시켰다.

한 골 차이로 만족을 하기엔 레알 마드리드는 만만치 않은 팀이다.

그렇게 후반전이 시작되었고.

원지석은 경기를 완전히 가져오기 위해 교체 카드를 꺼냈다.

―두 명의 선수가 교체됩니다.
―아마도 챔피언스리그 4강을 염두에 둔 교체 같군요.

바르보사가 빠지고 디발라가, 세바요스가 빠지면서 콘도그비아가 들어갔고.

마지막으로 남은 한 장의 교체 카드는 파레호였다.

"고생했어."

"뒤를 잘 부탁할게요."

"걱정 마."

자신의 팔에 걸렸던 주장 완장을 풀고서, 그것을 파레호에게 채워준 가야가 씨익 웃었다.

둘은 가벼운 하이 파이브와 함께 자리를 바꾸었다.

"오늘 좋았다."

"고마워요."

감독과 가벼운 포옹을 나눈 가야가 벤치에 앉았다.

이런 교체가 있다는 건 이미 경기 시작 전에도, 하프타임의 라커 룸에서도 전달된 이야기였다.

그럼에도 자기 대신 풀백 자리로 내려간 토니 라토가 실수를 하진 않을까 걱정이 되었다.

―발렌시아가 극단적인 역습 전술로 바꾸었군요!

―레알 마드리드가 슈팅을 퍼붓지만 좀처럼 들어가지 않아요!

우려와는 달리.

토니 라토는 깔끔한 수비를 보여주며 팀의 무실점을 이끌었다. 괜히 가야가 없으면 라토가 왕이라는 소리가 나오는 게 아닐 정도로.

'왼쪽 풀백만은 유전 터지듯 계속 터지니까.'

요즘 같이 풀백이 귀할 때라면 다른 팀에서도 모셔 가려 하지 않을까.

아마 충분히 주전 자리를 차지할 터다.

─네이마르의 슈팅을 무리요가 막아냅니다! 꽤나 강한 힘이 실렸는데 등으로 커버하는군요!
─팬들이 박수를 보냅니다!

몸을 던진 무리요가 벌떡 몸을 일으켰다.

잔부상이 많았던 그는 구단 차원에서 꾸준히 관리를 해주었고, 그러한 노력 덕분에 별다른 부상 없이 시즌을 소화했다.

삐이익!

결국 경기가 종료되었다.

스코어는 1 : 0.

우승을 위해 한 걸음 더 다가간 발렌시아였다.

"우습게 보니 뭐니 하더니, 인생은 실전이야, 좆만아."

"할 말이 없네요."

케빈의 도발에 쓴웃음을 지은 오르텐시오가 원지석에게 다가가 손을 내밀었다. 악수를 나누던 그가 약속해 달라는 듯 말했다.

"챔피언스리그 결승에서 만나요. 거기서는 반드시 복수할 겁니다."

"힘들 텐데."

패배를 되갚겠다는 말에 원지석이 장난스럽게 웃었다.

그들이 상대해야 될 라이프치히도 그렇지만, 레알 마드리드의 4강 상대도 쉬운 팀은 아니었으니까.

우선은 4강이 먼저다.

「[마르카] 고지를 점한 발렌시아!」

「[스포르트] 20년 만의 우승, 가능할까?」

마침내 레알 마드리드의 머리채를 잡은 발렌시아가 선두에 올라섰다.

만약 이대로 우승을 차지한다면 무려 20년 만의 라리가 트로피였으니 팬들의 기대감은 어느 때보다 고조된 상황.

"확실한 마무리를 지을 때까지 최선을 다할 생각입니다."

과열된 분위기를 진정시킨 원지석은 이제 얼마 남지 않은 챔피언스리그를 준비했다.

첫 경기는 홈인 누에보 메스타야에서 열리며.

이곳에서 우위를 점해야만 한다.

"아니, 좀 더 측면으로 빠져!"

날카로운 지적이 선수들을 파고들었다.

오늘 따라 발렌시아의 훈련은 작은 오차도 용납하지 않았는데, 이는 원지석이 그만큼 완벽에 가까운 준비를 요구하고 있다는 소리였다.

'더, 더 완벽하게.'

원지석은 아랫입술을 깨물었다.

라이프치히를 누구보다 잘 알기에.

녀석들을 직접 지도했기에 더욱 확실한 모습을 원하는 걸지도 몰랐다.

"그쪽은 다른 애들이랑 발이 안 맞잖아!"

서슬 퍼런 호통에 선수들은 앓는 소리를 내면서도, 빡센 훈련을 모두 소화했다.

여기서 버티지 못하면 선발 자리를 보장받지 못할 걸 알기 때문이다.

챔피언스리그다. 그것도 무려 4강.

그 무대에서 뛰기 위해 이적을 요청한 선수도 있는 만큼, 이번 경기는 반드시 뛰고 싶었다.

"모두 고생했다!"

"으아!"

훈련을 끝내는 휘슬과 함께 선수들은 주저앉듯 바닥에 엉덩이를 붙였다.

"시벌, 죽을 거 같네."

선수들은 음료를 마시는 대신 입을 헹군 뒤 뱉었다. 그대로 마셨다간 속이 뒤집어질 터.

수건을 머리에 올린 콘도그비아가 가야에게 물병을 던지며 물었다.

"그 뭐야, 라이프치히가 그렇게 잘해?"

"축구선수 맞아요?"

"분데스리가는 안 보거든. 근데 영상 자료를 보면서도 든 생각이지만, 레알 마드리드나 바르셀로나보다 잘할 거란 생각은 안 드는데?"

콘도그비아가 입술을 삐죽 내밀었다.

잘하긴 잘하는데.

이른바 신계라 불리는 팀들보다 더욱 경계하는 감독의 모습이 이해가 가지 않았던 모양이다.

"직접 붙어보면 그런 말 못 할걸."

그때 끼어든 것은 레반도프스키였다.

원지석이 이끌던 라이프치히와 가장 치열하게 싸웠던 바이에른, 거기서도 핵심 공격수였던 선수.

그는 다섯 시즌을 부딪치며 그 무서움을 잘 알고 있었다.

"지금까지 선수 생활을 하며 강팀들을 많이 만났지."

바이에른은 세계적인 강팀이다.

그는 그런 팀의 최전방을 책임지며 유럽 대항전에서 활약했고, 거기엔 그들이 말하는 라리가의 신계, 레알 마드리드와 바르셀로나도 포함되었다.

그렇기에 레반도프스키는 망설이지 않고 말할 수 있었다.

"하지만 라이프치히만큼 짜증 나는 팀은 없었어."

*   *   *

—여기는 챔피언스리그 4강 1차전이 열리는 누에보 메스타야 입니다!

—라이프치히 선수들을 태운 버스가 도착했군요!

거대한 버스가 멈추고.

문이 열리며 선수들이 하나둘씩 내리기 시작했다.

헤드폰으로 귀를 막은 선수, 스마트폰을 만지작거리는 선수, 그리고 자신을 찍는 카메라를 보며 손가락질을 하는 벨미르까지.

"다 죽었어."

"야, 쟤 데려와."

"어디 가요, 이쪽이에요!"

자비처의 말에 한숨을 쉰 브레노가 벨미르를 잡아챘다.

설마 발렌시아의 라커 룸에 쳐들어가려는 건 아니었을까. 설마 싶어도 이 돌아이라면 무슨 짓을 할지 몰랐으니까.

질질 끌려가는 벨미르의 모습을 보며.

다른 선수들도 이제는 익숙한 모양이었다.

─하하, 무슨 뜻인지는 굳이 해석할 필요가 없을 거 같네요.

─오늘은 어떤 퍼포먼스를 보여줄지, 기대가 됩니다.

양 팀 선수들이 옷을 갈아입고 감독과 라커 룸 대화를 나눌 시간이었다. 원지석은 비장한 얼굴로 서 있는 선수들을 보며 마무리를 지었다.

"녀석에게 예절을 주입할 시간이다."

선수들이 먼저 터널을 향해 떠났고.

아직 터널에 들어가지 않은 원지석은 누군가를 기다렸다.

곧이어 라이프치히 선수들이 나오자, 그들은 원지석을 발견하곤 눈을 크게 떴다.

"감독님!"

"오랜만이야."

반가운 얼굴들이 웃으며 다가왔다.

녀석들은 원지석과 하이 파이브, 혹은 포옹을 하고선 터널로 보냈고.

원지석이 떠난 이후 사실상 벨미르의 뒤처리를 혼자 책임졌던 브레노는 거의 울먹거릴 지경이었다.

"감독님, 그냥 다시 돌아오면 안 돼요?"

"그래그래, 고생했어."

쓴웃음을 지은 그가 브레노의 등을 두드렸다.

물론 새로운 이적생들도 있었지만, 그들 역시 유럽에서 가장 유명한 감독 중 한 명을 보며 반갑다며 인사를 했다.

그렇게 다 떠난 뒤.

마지막으로 주장 완장을 찬 벨미르가 다가왔다.

벨미르는 굳은 얼굴로 손을 내밀었지만.

피식 웃음을 터뜨린 원지석은 그 손을 지나쳐 녀석의 이마를 검지로 꾹 누르며 말했다.

"많이 컸다."

"아, 잠깐 타임. 모양 빠지게… 아니, 거기 찍지 마!"

카메라를 확인한 벨미르가 버럭 소리를 질렀다.

물론 그들은 재미있는 광경을 놓치지 않겠다는 듯 무시할 뿐이었고.

잠깐의 혼란 이후.

헛기침을 하며 목을 가다듬은 벨미르가 다시 분위기를 잡았다.

"각오해!"

"오냐."

서로를 노려보던 둘은.

결국 피식 웃음을 터뜨리며 터널을 향해 걸었다.

이제는 같은 팀이 아닌.

다른 소속의 감독과, 선수로서 말이다.

54 ROUND
성장

—양 팀의 선수들이 입장하는군요.

　—챔피언스리그 4강, 그 첫 번째 경기를 누에보 메스타야에서 전해 드립니다.

　발렌시아 선수들이 먼저 자리를 잡았고.

　라이프치히 선수들은 일렬로 줄을 서며 한 명 한 명 악수를 나누었다.

　"너냐?"

　"뭐?"

　"아니, 잘해보자고."

　세바요스와 악수를 나누던 벨미르가 한쪽 눈을 찡긋거렸다.

만약 그 모습을 분데스리가 선수들이 봤다면 경기를 일으켰을 것이다.

미친개가 냄새를 맡았다는 제스처이자.

오늘 넌 내가 믹을 도그 푸드라는 뜻이었으니까.

─양 팀의 라인업입니다.

─먼저 홈팀인 발렌시아부터 보시죠.

발렌시아의 골문은 하우메 도메네크가 지켰으며.

포백에는 가야, 토비, 데 리흐트, 푀니에가.

중원에는 세바요스, 콘도그비아, 솔레르를.

마지막 최전방에는 산티 미나, 디발라, 바르보사가 서며 433 포메이션을 완성했다.

─이에 맞서는 라이프치히의 라인업입니다.

─발렌시아도 그렇고, 라이프치히 역시 부상자 없이 깔끔한 스쿼드네요.

골키퍼 장갑은 굴라치가.

수비 라인에는 브레노, 우파메카노, 히메네스, 베르나르두가 섰으며.

중원에는 포르스베리, 세리, 벨미르, 자비처를.

최전방에는 베르너와 밀린코비치─사비치가 투톱을 구성하

며 442 포메이션을 완성했다.

—433 포메이션과 442 포메이션의 대결입니다.
—예전과 다른 점이 있다면, 사비치 선수가 처진 공격수로 올라갔다는 점이군요.

밀린코비치—사비치는 원지석의 지도를 받을 땐 중앙미드필더로서 활약했다.

당시엔 라이프치히의 삼중주라 불릴 정도로 위명을 떨쳤지만, 새로운 감독은 그에게 더욱 공격적인 역할을 부여하며 변화를 주었다.

"준비됐어?"

라이프치히 선수들이 어깨동무를 하며 동그랗게 모였다.

벨미르가 이를 드러내며 웃었다.

"박쥐 잡으러 가자."

모든 선수들이 자리를 잡았고.

삐이익!

경기가 시작되었다.

—발렌시아가 신중하게 공을 돌립니다.
—어설픈 시도는 오히려 역습의 기회가 될 테니까요.

원지석이 이번 경기를 준비하며 몇 번이나 주의를 준 게 그

거였다.

압박.

다름 아닌 그가, 그의 손으로 집대성한 라이프치히의 색채.

새로운 감독이 왔더라도 원지석이 구성한 기본적인 뼈대는 아직 그대로인 채였다.

"저 새끼 온다!"

"빨리 돌려!"

미친개처럼 달려오는 벨미르를 보며 발렌시아 선수들이 소리쳤다.

특히 가장 주의해야 할 건.

원지석이 키워낸 미친개, 벨미르다.

녀석은 강한 활동량을 바탕으로 중원을 미친 듯이 뛰어다녔고, 이는 중원을 중심으로 경기를 풀어가는 발렌시아에겐 큰 부담이 되었다.

"실수하지 말고 잘 받아!"

센터백이자 최후방 플레이메이커인 데 리흐트가 논스톱으로 긴 패스를 뿌렸다.

아무리 벨미르라도 공보다 빠를 수는 없다. 압박이 부담된다면 공을 뺏기지 않는 수밖에.

그렇기에 훈련장에서 집중적으로 이루어진 것은 선수들 간의 호흡이었다. 상대의 압박을 예측하며 어디서 패스를 줄지, 패스를 받기 위해 어디로 달려가야 할지.

―데 리흐트의 좋은 패스!
―뫼니에가 받아냅니다!

공을 받은 뫼니에가 터치라인을 따라 빠르게 달렸다. 190㎝에 달하는 선수가 달리자 확실히 존재감이 대단하긴 했다.

"계속 뛰어!"

터치라인에서 소리치는 원지석의 말을 들은 것일까.

이를 악문 뫼니에가 순간적인 속력을 폭발시키며 측면을 달리려는 순간.

무언가가 빠르게 달려오는 소리에 고개를 돌린 그가 눈을 크게 떴다.

그곳에는 악귀처럼 무서운 얼굴을 한 남자가 달려오고 있었기 때문이다.

―브레노오오!

악마의 얼굴을 한 풀백.

브레노가 굉장히 빠른 속도로 뫼니에를 향해 뛰었다.

"시발, 깜짝 놀랐잖아!"

"뭐라는 거야."

벨기에 말을 모르는 브레노였지만, 대충 어떤 뜻인지는 짐작이 갔다.

"나라고 해서."

쌓인 게 많은 듯.

뫼니에와 몸싸움을 벌이던 브레노가 설움을 터뜨렸다.

아무리 그래도 그런 반응은 너무하지 않은가.

"이렇게 생겨먹고 싶었겠냐고!"

어린아이에게 웃으며 인사를 했더니, 무섭다고 울음을 터뜨린 사건은 아직까지 트라우마로 남았다.

눈에 독기를 품은 브레노가 모기처럼 뫼니에의 곁에 달라붙으며 떨어지지 않았다.

"왜 이래?"

갑자기 강해진 압박에 뫼니에가 당황하면서도 상황을 판단했다. 여기서 더 전진했다간 공을 헌납하는 거나 마찬가지일 터.

결국 몸을 돌린 그가 백패스를 보냈다.

─뫼니에의 패스가 솔레르에게!

─공을 길게 터치하며 드리블을 합니다!

브레노가 슬라이딩태클로 패스를 끊어내려 했지만 공이 더욱 빨랐다. 결국 페널티에어리어를 향해 달려오던 솔레르의 앞을 우파메카노가 막아섰다.

'훈련이랑 똑같아.'

속력을 죽인 솔레르는 왼쪽을 보았다.

지겹도록 한 훈련대로, 거기엔 디발라가 있었다.

어느새 다가온 브레노가 태클을 하기 전에, 공은 이미 솔레르의 발을 떠난 뒤였다.

—디발라! 디발라가 슈팅 자세를 취합니다!
—슈우우웃!

쾅!
마음먹고 때린 왼발 슈팅이 대포알처럼 쏘아졌다.
산티 미나와 바르보사를 신경 쓰던 히메네스가 반박자 늦게 몸을 던졌지만.
슈팅은 한 박자 먼저 골문을 향했다.
'막을 수 있어!'
두 눈을 부릅뜨고 있던 골키퍼, 굴라치가 늦지 않게 손을 뻗었다.
어렵긴 하지만 못 막을 공은 아니다.
공이 갑자기 흔들리는 걸 보기 전까지는 말이다.
'이런 미친, 여기서?'
굴라치의 얼굴이 구겨지는 것과는 반대로.
그 힘을 잃은 공은 그대로 툭 떨어지며 굴라치의 손을 피했다.

—고, 골! 골이에요! 마침내 터진 발렌시아의 선제골!
—선제골의 주인공은 파울로 디발라! 박쥐 군단의 판타지 스

타가 환상적인 중거리슛을 작렬시킵니다!

와아아아!

파울로! 파울로!

관중들이 검투사 셀레브레이션을 펼치는 디발라에게 엄청난 환호성을 보냈다.

그야말로 경기장이 흔들릴 정도의 쩌렁쩌렁한 응원.

"미쳤어! 미쳤다고!"

발렌시아의 동료들 역시 눈을 크게 뜨고선 디발라에게 달려 갔다. 설마 이렇게 멋진 골을 터뜨릴지, 그들 역시 예상하지 못했으리라.

"히메네스, 정신 똑바로 차려!"

셀레브레이션을 즐기는 발렌시아 녀석들을 뒤로하며.

벨미르가 주장으로서 히메네스를 다그쳤다.

아무리 환상적인 슈팅이어도, 먼저 커버를 했다면 허용하지 않았을 슈팅이다.

"미안."

"아니, 지나간 실수보다는 지금부터가 중요하지."

히메네스의 어깨를 두드린 벨미르가 다시 몸을 돌렸다.

적어도 빈손으로 돌아갈 생각은 없었다.

그게 원지석이 가르쳐 준 방식 아니던가.

'안 그래?'

벨미르는 발렌시아의 벤치를 보았다.

익숙한 코치의 모습들과, 언제나 그렇듯 오롯이 서 있는 원지석의 모습을.

　땀을 한 번 훔친 녀석이 다시 자리를 잡았다.

　삐이익!

　경기가 재개되었다.

　한 골을 실점하자 라이프치히는 좀 더 공격적인 압박을 넣으며 발렌시아의 숨통을 조였다.

　―최후방까지 강한 압박을 거는군요!
　―데 리흐트를 압박하는 사비치!

　라이프치히의 투톱인 베르너와 사비치는 발렌시아의 센터백들을 강하게 압박했다.

　특히 최후방 플레이메이커인 데 리흐트가 그 주요 대상이었는데, 토비 역시 패스에 일가견이 있었기에 볼 공급이 끊어지는 일은 없었다.

　"당황하지 말고 좀 더 침착하게, 넓게!"

　원지석의 외침에 선수들은 침을 삼키며 고개를 끄덕였다.

　그 말처럼 급할 필요는 없다. 리드를 하고 있는 건 그들이었으니까.

　하지만 그들의 평정을 방해하는 악마가 있었다.

　"야, 야야."

　"뭐야, 또."

귀찮게 말을 거는 목소리에 세바요스가 얼굴을 구겼다. 그러고는 흠칫 놀랐는데, 말을 건 녀석이 벨미르였기 때문이다.

'쓰읍.'

잠시 정신이 딴 데 팔렸구나.

세바요스는 경기를 준비하며 벨미르의 무용담을 빙자한 악명을 익히 들었다.

심지어 그 이상한 수석 코치, 케빈 오츠펠트가 충고마저 해 줬으니까.

'악마의 똥구멍보다 더러운 혓바닥이야. 조심해.'

참 케빈다운 비유였지만.

무슨 소리를 지껄이든 무시하라는 뜻은 통했다.

방금은 무심코 반응을 보였지만, 설마 그거 때문에 무슨 일이 생길까 싶었고.

하지만 세바요스는 미처 눈치채지 못했다.

씨익 웃고 있는 벨미르의 모습을.

미친개의 시동이 걸린 것이다.

"들었어, 원래는 레알 마드리드에서 주전 자리도 못 잡은 떨거지였다며? 떨거지, 폐품, 쓰레기."

"……."

순간적으로 울컥한 세바요스가 애써 무시하며 평정을 유지했다.

저건 개다.

개소리에 화를 내는 사람이 어디 있단 말인가.

하지만 그런 건 상관없다는 듯 녀석은 세바요스의 속을 살살 긁었다.

이제는 하나의 경지에 오른 트래시 토크였다.

"너희 감독이 자꾸 밤마다 연락을 하더라고. 이 새끼들 못해도 너무 못한다고. 우리가 훨씬 낫다던데?"

"아가리 닥쳐, 새끼야."

"흐흐, 이제야 이쪽을 보는구나."

한 번 말리기 시작하니 세바요스는 자신의 멘탈어 악마의 똥구멍에 빨려 들어가는 걸 느꼈다.

추잡하고 더럽지만.

제일 화가 나는 건 이걸 당하고 있을 수밖에 없다는 거다.

참다못해 마주 비꼬았지만, 속사포처럼 이어지는 반격에 결국 입을 다물고 말았다.

'그냥 후려쳐?'

순간 2006년 독일 월드컵 결승전에 있었던, 지네딘 지단의 박치기를 떠올린 그가 격한 충동에 휩싸였다.

눈 딱 감고.

그냥 들이받아?

하지만 그건 저 미친놈이 가장 바라는 점일 터다.

점점 말리는 신경전에.

결국 작은 실수가 나오고 말았다.

―아! 가야의 패스를 놓치는 세바요스!

—벨미르가 탈취하는 데 성공합니다!

그리고 공을 잡은 벨미르가 발렌시아의 진영을 황소처럼 달리기 시작했다.

콘도그비아의 거친 몸싸움을 이겨낸 벨미르가 성큼성큼 걸었으며.

—으아아! 벨미르으으으!

쾅!

그대로 슈팅을 때려 버린 것이다.

공은 수비수들 사이로 빠지며 골문 구석을 노렸고.

하우메 도메네크가 손끝으로 쳐냈음에도, 기어이 골 망을 흔들고 말았다.

—이럴 수가 있나요! 극적으로 터진 벨미르의 동점골!

—동독의 왕이 누에보 메스타야를 침묵시킵니다!

모든 사람들이 할 말을 잊을 정도로 강하게 꽂힌 중거리 슈팅이었다.

골문 구석을 향해 꽂아버린, 박격포 같은 골.

"흠."

벨미르는 기뻐하는 기색 없이.

터치라인에 선 원지석을 손가락으로 가리켰다.

그러고는 몸을 돌려 자신의 등번호와 이름을 쿡쿡 찔렀다.

등번호 18번.

벨미르 노바코비치.

마치 그 이름을 잊지 말라는 듯.

"이 새끼가."

갑작스러운 도발에 원지석이 허탈한 웃음을 지었다.

이후에도 경기는 치열하게 진행되었지만, 결국 추가적인 득점 없이 경기는 끝나고 말았다.

—경기가 끝납니다! 매우 흥미로웠던 챔피언스리그 4강 1차전이 이렇게 끝나는군요!

—스코어는 동점이지만 라이프치히가 이득을 챙긴 경기라 할 수 있어요. 오늘 적립한 원정골이 어떤 영향을 미칠지, 2차전에 있어 주요할 점이 되겠습니다.

"고생했다."

원지석은 그라운드에 들어가 선수들을 격려했다.

오늘 경기에서 엄청난 거리를 뛴 발렌시아 선수들은 등을 두드리는 감독의 손길을 느끼면서도 미안하다는 말을 작게 남겼다.

"미안하긴, 아직 경기 안 끝났어."

그렇게 말한 원지석이 고개를 돌렸다.

물병으로 목을 축이는 벨미르와 눈이 마주친 그가, 나지막이 말을 이었다.

"그렇지?"

벨미르는 대답 대신 사납게 웃었다.

스승인 원지석과 비슷한 미소를.

*   *   *

「[키커] 환상적인 동점골을 터뜨린 벨미르!」

「[수페르 데포르테] 원정을 준비하며 부담감을 느낄 발렌시아!」

경기 스코어는 1 : 1.

홈에서 확실한 승리를 거두지 못한 것도 아쉽지만.

무엇보다 그 원정골이 부담스러울 터.

발렌시아로서는 반드시 골을 넣어야 하지만, 라이프치히가 엉덩이를 내리며 역습 전술을 쓴다면 그만큼 힘든 싸움이 될 것이다.

'그렇게 단순하지만은 않겠지.'

원지석은 손에 든 자석을 전술 보드에 툭툭 두드리며 고민에 빠졌다.

그들도 바보가 아닌 이상, 오히려 이런 상황을 역으로 이용할 가능성이 컸다.

'어찌 됐든, 우리는 골이 필요해.'

원하는 게 있다면 리스크를 감수해야 한다.

탁.

전술 보드 위로 자석이 하나 붙었다.

이윽고 하나의 전술이 짜였지만, 이내 한숨을 쉰 원지석이 다시 판을 뒤집었다.

곧이곧대로 당해줄 생각은 없다.

그게 감독의 일이었으니까.

「[마르카] 레알 사라고사를 격파한 발렌시아!」

「[스포르트] 20년 만의 라리가 챔피언까지 앞으로 한 걸음!」

발렌시아는 주말에 있었던 사라고사와의 경기에서 승리를 거두었다.

2차전을 대비하기 위해 대부분의 선수들이 로테이션을 돌았으며, 코너킥 상황에서 파레호의 패스를 후벤 베주가 헤딩으로 집어넣은 게 결승골이 되었다.

"오늘 경기에 나선 선수들이 자신의 경쟁력을 증명한 게 기뻐요. 그들이 없었다면, 팀의 우승 경쟁 역시 불가능했을 겁니다."

이건 립 서비스가 아니라 진심이었다.

아무리 뛰어난 라인업을 짜도, 11명의 선수들로만 긴 시즌을 보내는 건 불가능에 가깝다.

그렇기에 원지석은 때로는 파격적인 로테이션을 꺼내며 모든 선수들의 관리를 해주었다. 그의 팀에 필요하지 않은 선수는 없었으니까.

"떠날 준비는 끝났습니다."

이제 그는.

자신이 만든 요새를 함락하러 떠난다.

*　　　*　　　*

"그리운 풍경이군."

공항에서 내린 원지석이 주위를 둘러보며 한 말이었다.

이곳을 떠난 뒤로.

벌써 2년 남짓한 시간이 흘렀다.

런던과는 달리 라이프치히는 그 이후로 한 번도 찾지 않았기에 더욱 그리운 느낌이 들었다.

"원, 오랜만이군요!"

라이프치히의 시민들은 원지석에게 반갑게 인사를 건넸다. 오늘은 적장으로서 왔지만, 그럼에도 그를 싫어하는 반응은 보이지 않았다.

"여기서 정치인으로 출마해도 되겠어."

"무슨 말도 안 되는 소릴……."

"뭐 어때. 축구선수가 대통령이 되는 세상인데."

"우선 자격부터가 되질 않잖아요."

케빈의 말에 원지석이 한숨을 쉬었다.

그런 대화를 나누는 사이, 미리 예약해 둔 호텔에 도착한 그들은 짐을 풀었다.

보통 라이프치히에 원정을 온 팀들이 묵는 곳으로, 원지석으로서는 처음 오는 곳이었다.

"푹 쉬자."

가벼운 회복 훈련을 끝내고, 선수들은 내일 있을 경기를 기대하며 각자 방에 들어갔다.

원지석 역시 잠자리에 들기 전이었다.

불을 끄기 전에.

창문 밖으로 RB아레나의 모습이 보였다.

'이렇게 보니 또 새롭군.'

지금은 조용하지만, 내일이면 약 4만 3천 명에 달하는 사람들이 가득 찰 것이다.

그 광경을 떠올리며.

말없이 경기장을 지켜보던 원지석이 불을 껐다.

─여기는 챔피언스리그 4강, 그 두 번째 경기가 열리는 RB아레나입니다!

─원정팀인 발렌시아 선수들을 태운 버스가 이제 막 도착했군요!

우우우!

어제까지만 하더라도 웃으며 반겨준 사람들이 오늘은 야유를 퍼부었다.

그 소리에 쓴웃음을 지은 원지석이 라커 룸으로 발걸음을 옮겼다.

문제는 그 방향이었다. 무의식적으로 홈팀의 리커 룸을 향해 걷던 그가, 이내 흠칫 놀라며 몸을 돌리는 모습이 카메라에 잡혔다.

─원 감독이 멋쩍은 얼굴로 카메라를 피하는군요.

─하하, 다섯 시즌 동안 한 라커 룸을 사용했으니, 헷갈릴 만도 하지요.

먹잇감을 발견한 케빈이 그 옆에서 킬킬 웃으며 놀리는 걸 멈추지 않았다.

카메라엔 잡히진 않았지만, 이내 옆구리를 잡고 끙끙 앓는 모습을 보니 적당한 응보를 받은 모양이었다.

선수들이 유니폼을 갈아입을 동안, 마지막 점검을 끝낸 원지석이 고개를 돌렸다.

마타도르를 떠올리게 하는 녀석들의 살벌한 눈빛이 퍽 마음에 들었다.

그들은 이제부터 황소 군단을 조련할 투우사들이었다.

"각오는 됐겠지?"

묵묵히 고개를 끄덕이는 선수들을 보며.

원지석이 몸을 돌렸다.

―양 팀의 선수들이 입장하는군요.

―먼저 홈팀인 라이프치히의 라인업부터 살펴보도록 하겠습니다.

골키퍼 장갑은 굴라치가 꼈으며.

포백에는 브레노, 우파메카노, 히메네스, 베르나르두가.

중원에는 세리, 벨미르, 밀린코비치―사비치를.

최전방에는 포르스베리, 베르너, 자비처가 서며 433 포메이션을 완성했다.

―원지석 감독으로서는 참 익숙한 전술일 겁니다.

―네. 다름 아닌 그가 완성한 베스트 11이니까요.

새로운 감독 체제에서는 처진 공격수로 활약하던 사비치가 중앙미드필더로 내려가며, 이른바 라이프치히의 삼중주라 불리던 그 시절과 같은 전술을 꺼낸 것이다.

―아마도 발렌시아의 공격에 대비하기 위한 역습형 433 전술 같군요.

―이에 맞서는 발렌시아의 라인업입니다.

골키퍼 장갑은 하우메 도메네크가 꼈으며.

포백에는 가야, 토비, 데 리흐트, 뫼니에가.

중원에는 세바요스, 콘도그비아, 솔레르가 자리를 잡았고.

마지막 최전방에는 산티 미나, 디발라, 바르보사가 쓰리톱을 구성하며 433 포메이션을 완성했다.

433 포메이션과 433 포메이션의 대결.

전술적인 차이가 있을 이 대결의 승자가 누가 될지는.

삐이익!

이제부터 알게 될 터였다.

"빠르게 돌려!"

발렌시아는 빠른 공격을 이어갔다.

전방의 공격수들이 수비 라인 근처까지 침투를 하자, 중앙에서 볼을 돌리던 세바요스가 전방을 향해 직접적인 패스를 찔렀고.

이를 디발라가 헤딩으로 연결하며 산티 미나에게 보냈다.

─아! 패스가 끊어지지 않았어요!

─예술적이었던 세바요스의 롱패스!

중계진이 순간적으로 감탄을 터뜨릴 만큼 빠르고, 간결한 공격 전개였다.

라이프치히의 수비진들은 당황하지 않으면서 산티 미나를 압박했고, 히메네스가 태클을 하기 위해 발을 뻗으려는 순간.

'지금.'

드래그 백으로 공을 빼고.

한 걸음 뒤로 물러난 산티 미나가 그대로 슈팅을 때렸다.

쾅!

골문 구석을 향해 낮게 쏘아진 슈팅이었지만, 굴라치가 늦지 않게 잡아내며 기회를 놓치고 말았다.

"아오!"

공을 찰 때 발끝에서 전해진 느낌이 꽤나 좋았는지 산티 미나가 두 손으로 머리를 감싸며 탄식했다.

잘하면 경기 시작과 동시에 앞서 나갈 수 있었는데, 그 기회가 무산된 것이다.

"뭐 하고 있어! 빨리 수비에 가담해!"

귓가를 파고드는 원지석의 말에 산티 미나가 재빨리 달렸다.

라이프치히는 오늘 역습적인 433 전술을 꺼낸 만큼, 압박과 그에 이은 역습 전개에 힘을 주었다.

심지어 발렌시아가 공격을 끊어내도 바로 압박에 들어가며 숨을 쉬지 못하게 했으니까.

―몸싸움에서 이긴 콘도그비아.

―어, 어어! 사비치가 공을 다시 탈취했어요!

―빠르게 이어지는 라이프치히의 역습!

결국 그런 라이프치히의 압박이 중요한 찬스를 만들었다.

콘도그비아가 태클에 성공한 순간, 사비치가 슬라이딩태클로 공을 빼냈고.

이를 받은 세리가 측면을 달리던 자비처에게 연결했다.

─측면에서 안쪽으로 들어가는 자비처!

─페널티에어리어에는 베르너가, 그대로 길게 스루패스를 찌릅니다!

아웃프런트로 감아 찬 스루패스가 바깥쪽으로 휘었고, 베르너가 수비 라인과 엇갈리며 뛴 것도 동시였다.

"시발, 어떻게든 막아!"

위기를 감지한 도메네크가 베르너를 가리키며 소리쳤다.

한 박자 늦게 반응한 토비는 최대한 몸을 비비려 했지만, 베르너의 속력은 그의 생각 이상이었다.

몸싸움을 하기도 전에.

이를 악문 베르너가 순간적인 속력을 폭발시키며 토비를 제친 것이다.

─으아아! 토비를 제친 티모 베르너! 골키퍼만을 남겨둔 상황! 베르너어어!

─고오오올! 골입니다! 골!

와아아아!

골키퍼의 가랑이 사이로 쏙 흘러간 골이었다.

RB아레나에 모인 관중들은 미친 듯이 소리를 질렀으며.

카메라는 원지석을 잡았다.

"아직 괜찮아."

원지석은 덤덤하면서도, 날카로움을 잃지 않은 눈으로 선수들을 보았다.

경기를 준비하며 이런 리스크는 예상했으니까.

중요한 건 발렌시아가 얼마나 많은 골을 넣느냐였다.

"집중해, 새끼들아!"

원지석과 동시에 벨미르가 소리쳤다.

녀석 역시 지금이 가장 위험할 때라는 걸 잘 알고 있었기 때문이다.

"야! 영양가 없는 압박을 하면 어떡해!"

벨미르는 주장으로서 팀을 조율했다.

이 모든 게 원지석으로부터 배운 것이었고.

이제는 그걸로 원지석의 숨통을 조였다.

"우리도 답장을 해줘야지."

벨미르에 대한 답변으로서.

그는 가야를 불렀다.

이제부터 있을 경기에서 가야의 역할이 핵심적이었으니까.

"미리 맞춰둔 대로 하자."

"네."

고개를 끄덕인 가야가 그라운드로 돌아가며 선수들에게 변경점을 지시했다. 사실 기존의 방식대로 승리를 거두었으면 했지만.

　—전반전도 얼마 남지 않았군요.
　네. 추가시간으로 3분이 남았습니다.

이대로라면 라이프치히가 큰 우위를 가져갔다 할 수 있을 것
이다.

하지만 왜일까.

벨미르는 기묘한 불쾌감을 느꼈다.

아까 가야라는 발렌시아의 주장과 원지석이 무언가 대화를
나누는 건 보았다. 그런데 지금까지 별다른 점이 바뀌진 않았
는데, 그게 더 수상했다.

조용한 불길함이 스멀스멀 등골을 타고 올라왔다.

'이런 기분 나쁜 전술은, 십중팔구 저 양반의 머릿속에서 나
온 거겠지.'

슬쩍 발렌시아의 벤치로 눈길을 주자 케빈과 눈이 마주쳤
다.

오른손을 손잡이처럼 돌리고, 왼손에서 천천히 나오는 중지
를 보며 벨미르가 침을 퉤 뱉었다.

어찌 됐든 골이 들어가지 않는다면 의미가 없다.

그런 생각을 할 때였다.

슬금슬금 눈치를 보던 데 리흐트가.

전방을 향해 긴 패스를 찔렀다.

─공을 받은 디발라.

─하지만 마땅히 줄 곳이 없어요.

남은 시간을 버티겠다는 듯, 대부분의 라이프치히 선수들은 엉덩이를 내린 채였다.

그러던 순간.

왼쪽 측면을 매우 빠르게 달리는 선수가 있었다.

─가야? 가야 선수가 계속해서 달립니다!

─동시에 디발라가 패스를 전달하네요!

매끄러운 패스를 받은 가야는 멈추지 않았다. 그대로 페널티 에어리어를 향해 달렸으며, 다른 곳으로 패스를 줄 거라 예상했던 라이프치히 선수들도 슬슬 긴장을 하기 시작했다.

'내가 메시다.'

심호흡을 한 가야가 눈을 부릅떴다.

감독이 내린 간단하면서도, 참 지랄 맞은 명령.

'공을 빼앗겨도 좋으니 하고 싶은 대로 해.'

훈련장에서 그 지시를 받을 땐 처음엔 뭔 소리인가 싶었다. 그게 농담이 아니라는 걸 깨달은 건 이어진 훈련에서였고.

산티 미나와의 이 대 일 패스로 베르나르두를 뚫은 가야는 멈추지 않았다.

그대로 페널티에어리어까지.

그 너머에 있는 페널티박스까지.

"저 미친놈, 직접 해결하려나 본데?"

"여기까지 오게 하지 마!"

저지하지 않으면 슈팅 찬스를 내주고 만다.

순간이지만 히메네스를 중심으로 라이프치히의 수비가 가야에게 쏠렸고.

동시에 가야는 안도의 한숨을 쉬었다.

'다행이다.'

그렇게 생각하며 뒤로 스루패스를 찌른 곳에는.

미리 도움닫기 중인 디발라가 있었다.

─디발라의 슈우우웃!

쾅!

강하게 쏘아진 슈팅이.

골 망을 흔들었다.

*   *   *

'믿어주시는 건 고맙지만.'

라이프치히와의 2차전을 준비하던 때였다.

잠시 머뭇거린 가야가 말을 이었다.

'저는 메시가 아닌데요?'

하고 싶은 대로 해보라는 감독의 요구에, 그가 가장 먼저 보인 반응이다.

마음만 먹는다고 모든 게 잘 풀린다면 모든 선수들이 메시가 되었을 테니까.

원지석은 그런 가야에게 자신감을 주었다.

'하지만 우리 팀에선 가장 지능적인 선수이지.'

'아니, 차라리 디발라에게 시키는 게 어때요?'

유망주 때는 제2의 메시 소리를 듣던 디발라. 프리롤로 뛰며 수비진을 헤집으라는 명령은 차라리 그에게 더 어울릴 터.

'안 돼. 녀석은 경기 내내 압박에서 자유롭지 못할 테니까. 이후 훈련도 너를 중심으로 짤 거다.'

그 의견에 원지석은 단호히 고개를 저었고.

결국 가야는 모르겠다는 얼굴로 고개를 끄덕였다.

그리고 지금.

—고오올! 전반전이 종료되기 직전에 골을 터뜨린 발렌시아!

—가야의 놀라운 질주가 경기를 되돌립니다!

리스크를 감수한, 도박적인 수가 통했다.

경기 내내 측면에서 지원을 하던 가야가 이런 놀라운 순간을 만들 줄이야.

깨닫기엔 너무 늦었을 것이다.

가야는 자신이 만들어낸 찬스를 골로 마무리한 디발라와 하이 파이브를 나누었다. 얼마나 강하게 쳤는지, 마주친 손바닥이 화끈거렸다.

"시발, 방금 드리블은 메시 같았다고!"

잔뜩 흥분한 콘도그비아가 가야에게 태클을 걸듯 격한 포옹을 나누었다.

마치 전성기의 메시처럼.

동료들마저 감탄을 터뜨린 놀라운 몰이였다.

"나이스 슈팅."

"뭘."

골을 넣은 디발라가 가야에게 엄지를 들었다.

솔직히 말해 놓치는 게 더 어려울 정도로, 떠먹여 준 패스나 다름없었다.

발렌시아 선수들은 한결 밝아진 얼굴로 자리를 잡았다. 경기가 다시 재개되었고, 타이밍 좋게 휘슬이 울리며 전반전이 종료되었다.

"내 말이 맞았지?"

"하하."

라커 룸으로 돌아가던 가야는 옆에 있던 원지석의 말에 쓴웃음을 지었다.

참 신기한 감독이었다.

가능성이 적어 보이는 방법이었지만, 결국 그의 말은 현실이 되었다.

이걸로 경기는 원점.

1차전에서의 원정골은 더 이상 의미가 없다.

"다들 주목!"

문을 열고 소리치는 원지석의 뒤를 따라 가야가 들어왔다.

후반전에서 상대가 어떤 모습으로 나올지를 예상하고, 본인들은 어떻게 바뀌어야 할지 지시하는 모습을 보니 신기하단 생각이 들었다.

그를 포함해, 처음에만 하더라도 감독의 말에 시큰둥하던 선수들은.

이제는 모두 귀를 쫑긋거리며 단어 하나조차 놓치지 않으려했다.

"마타도르처럼 무자비해져라."

마타도르.

투우사 중에서도 소의 숨통을 끊는 사람.

라이프치히라는 황소는 매우 강인하고, 난폭하며, 포기를 모르는 상대다.

망토와 칼은 준비되었다.

이걸 정확히 머리에 꽂아 넣을 잔혹함과, 실수하지 않을 정교함이 필요하다.

"난 못 하겠어요, 하는 녀석이 있다면 지금 손을 들어. 교체로 빼줄 테니까."

당연하지만 손을 드는 녀석은 없었다.

손목에 걸린 시계를 확인하며 슬슬 시간이 되었다는 걸 깨달은 원지석이 몸을 돌렸다.

그의 뒤를 따르는 투우사들은.

모두 잔혹할 승리를 챙길 준비가 된 마타도르였다.

─후반전이 시작됩니다.

─경기 스코어는 1 : 1, 총합 스코어는 2 : 2로서 동점이군요.

─원정골의 이득을 볼 수 있었던 라이프치히에겐 아쉬운 상황입니다. 오히려 지금부터는 발렌시아의 골이 원정골이 되어 그들을 압박할 테니까요.

라이프치히의 기어가 바뀌었다.

전반까진 역습에 중심을 두던 그들은, 상황이 바뀌자 라인을 올리며 적극적으로 발렌시아를 압박했다. 사람들이 아는 라이프치히 본연의 모습으로 말이다.

"빨리 들어가, 새끼들아!"

벨미르가 사납게 소리치며 팀을 지휘했다.

순한 인상과는 달리 강하게 느껴지는 기백.

그야말로 주장 완장이 아깝지 않은 카리스마였다.

─아, 두 명의 선수들이 세바요스를 추가로 둘러쌉니다!

─줄과 줄 사이를 압박하는 라이프치히!

그들은 황소 떼처럼 거침없이 발렌시아를 몰아쳤다. 때로는 거친 몸싸움을 불사하며 육체적, 심리적으로도 박쥐들을 몰아세웠다.

우우우우!

특히 RB아레나에 모인 관중들은 원정팀이 공을 잡을 때마다 야유를 퍼부으며 심리적인 압박을 주었다.

'죽겠네.'

점점 복잡해지는 상황에 머릿속이 혼미해졌다. 그럼에도 잔실수가 나오지 않은 것은, 귓가를 파고드는 원지석의 목소리 때문이었다.

"눈을 돌리지 말고, 지금 어디로 공을 주는지 똑바로 봐!"

그 말에 발렌시아 선수들이 이를 악물었다.

라이프치히가 라인을 조금씩 올리고, 발렌시아가 웅크리며 볼을 돌리는 시간이 얼마나 지났을까.

원지석의 눈이 이채를 띠었다.

"세바요스!"

막 솔레르에게서 패스를 받을 때였다.

세바요스는 자신을 부르는 소리에 고개를 돌렸고, 터치라인에 선 원지석이 전방을 향해 크게 손짓했다.

"망토는 됐어!"

고개를 끄덕이는 세바요스를 보며 라이프치히 선수들의 눈빛이 변했다. 그게 무슨 뜻인지는 알지 못해도, 뭔가 있을 거라 생각하는지 그들은 재빨리 그 주변을 에워쌌다.

"시발, 막아!"

벨미르가 몸을 던지며 슬라이딩태클을 했다. 파울을 감수한 태클이었지만, 세바요스의 패스가 먼저였다.

쾅!

측면으로 길게 뻗어진 롱패스가 가야에게 닿았고.

가야는 매우 빠른 속도로 라이프치히의 측면을 허물었다.

─어드밴티지를 선언하는 주심! 발렌시아의 공격이 계속 이어집니다!

─수비진들이 미리 자리를 잡는군요!

이번에는 당하지 않겠다는 듯, 라이프치히는 측면에 벽을 세우며 가야를 저지했다.

"잠깐만 버텨!"

벨미르와 사비치가 수비에 가담하며 소리쳤다. 하지만 가야는 그들을 기다려 줄 생각이 없었다.

애초에 그의 임무는 볼 운반이었으니까.

─반대쪽 측면으로 크로스를 길게 올립니다!

─뫼니에의 헤딩!

왼쪽에서 오른쪽 끝까지.

그 끝에 선 190㎝의 장신 풀백.

뫼니에가 헤딩을 하며 스루패스를 보냈다.

"제대로 감겼다!"

타이밍이 좋지 않았다면 그대로 라인아웃이 됐을 크로스였지만, 그는 정확한 순간에 점프를 하며, 브레노를 따돌리고선 공에 머리를 댔다.

그렇게 전해진 헤딩 패스는.

오프사이드트랩을 뚫고선 바르보사에게 전달되었다.

—바르보사가 달립니다! 바르보사!

—매우 **빨라요**! 페인팅을 한 번, 두 번, 그대로 우파메카노를 제칩니다!

—바르보사아아!

골키퍼인 굴라치와 일대일이 된 상황.

빨간 망토 속에 숨겨졌던 발렌시아의 칼날이 마침내 모습을 드러냈다.

여기서 라이프치히라는 황소의 숨통을 끊는다.

쾅!

굴라치와의 눈치 싸움을 끝낸 바르보사가 그대로 슈팅을 때렸다.

잘못된 방향을 예측한 굴라치가 뒤늦게 발을 뻗었지만, 공은 이미 골 망을 흔든 뒤였다.

—고오오올! 마침내 추가골을 터뜨리는 발렌시아!

─이렇게 된다면 라이프치히는 두 골이 필요하게 됩니다!

"으아아!"

유니폼 상의를 벗은 바르보사가 벤치를 향해 미친 듯이 뛰었고, 원지석과 격한 포옹을 나눌 때쯤엔 다른 선수들도 그 뒤를 따랐다.

결국 벤치에 있던 코치들과 선수들마저 합류하니 꽤나 요란스러운 셀레브레이션이 완성되었다.

─바르보사 선수가 옐로카드를 받으면서도 기쁜 얼굴로 고개를 끄덕이는군요.

─세상에서 가장 행복한 옐로카드 같아요.

경기 중 유니폼을 벗는 행위는 규정상 경고를 받는다.

그럼에도 선수들은 기쁨을 주체하지 못하며 유니폼을 벗기도 하는데, 가끔은 옐로카드를 하나 더 받으며 퇴장을 당하는 웃지 못할 일이 벌어졌다.

─바르보사가 빠지고 레반도프스키가 들어가는군요.

─한때 바이에른의 골잡이였던 그로서는 기분이 묘할 상황이겠습니다.

레반도프스키의 포스트플레이는 공격진의 색다른 옵션이 되었고, 디발라와의 연계 플레이 역시 훌륭했다.

특히 골 냄새를 기가 막히게 맡으며 슈팅을 날리는 모습은 백미에 가까웠다.

그가 어떻게 리그에서만 두 자릿수의 골을 기록했는지 라이프치히의 팬들도 이제는 알게 될 터였다.

─발렌시아가 또 하나의 교체 카드를 꺼내네요.

─후벤 베주가 들어갈 준비를 합니다.

원지석은 이후로도 수비적인 교체를 통해 경기를 굳혀 나갔다.

더 이상의 골은 원하지 않는다는 뜻을 확실히 한 것이다.

하지만 라이프치히는 끝까지 포기하지 않으며 발렌시아의 골문을 계속해서 두드렸다.

─세리의 환상적인 스루패스가 페널티에어리어로 미끄러졌어요!

─뒤꿈치로 패스를 흘리는 베르너! 그 끝에는 자비처가! 자비처의 슈우우웃!

그런 노력은 의미 없지 않아서.

라이프치히는 뒤늦게나마 한 골을 만회하는 데 성공했다.

이걸로 스코어는 2 : 2.

아직까지는 두 개의 원정골을 넣은 발렌시아가 유리한 상황.

골을 성공시킨 자비처가 공을 주운 뒤 재빨리 자리로 돌아갔다. 아직 기회는 있다. 그들은 남은 시간 동안 한 골을 더 넣을 수 있을 거라 믿었다.

그렇게 추가시간마저 끝나며.

경기 종료를 알리는 휘슬이 길게 울릴 때까지.

라이프치히는 포기하지 않았다.

—경기, 끝났습니다.

—긴 여운을 남긴 챔피언스리그 4강이었습니다.

총합 스코어는 3 : 3으로 같았지만.

원정골 우선 원칙에 의해 최종적으로 라이프치히를 누른 발렌시아였다.

"후우."

휘슬과 함께 라이프치히 선수들이 주저앉았다.

누군가는 유니폼을 끌어 올리며 얼굴을 가렸고, 누군가는 붉어진 눈시울을 훔쳤다.

"뭐 하러 왔어. 비웃으려고?"

다가오는 원지석을 발견한 벨미르가 떫은 얼굴로 혀를 찼다. 경기 전에 그런 도발을 했으니, 실컷 조롱당할 각오는 되어 있었다.

그런 녀석을 보며.

피식 웃은 원지석이 입을 열었다.

"성장했구나."

벨미르, 아니, 라이프치히의 모든 선수들이.

그가 떠난 이후로도 꾸준한 성장을 했다.

원지석은 라이프치히의 선수들에게 한 번씩 포옹을 해주고, 고생했다는 말을 잊지 않았다.

마치 그가 감독이었을 때처럼 말이다.

"우릴 꺾고 올라갔으니, 반드시 빅이어를 들었으면 좋겠네요."

"뭐가 예쁘다고. 그냥 져버려야지."

브레노와 벨미르의 말에 쓴웃음을 지은 원지석이 몸을 돌렸다.

RB아레나의 관중들이 보내는 박수에 손을 흔들며 화답한 그는, 그렇게 라이프치히를 떠났다.

「[마르카] 극적인 승리를 거둔 발렌시아!」

「[스포르트] 원지석, 라이프치히를 극찬하다!」

이번에 있었던 2차전은 축구 팬들에게 매우 좋은 평가를 받았다.

마지막까지 투지를 보여준 라이프치히와, 열세로 평가받던 상황을 뒤집은 발렌시아.

이들이 보여준 치열한 싸움은 많은 사람들에게 각인되었다.

"매우 기쁘고, 슬픈 경기였습니다."

원지석은 발렌시아 선수들이 보여준 퍼포먼스를 칭찬하면서도, 끝까지 포기하지 않은 라이프치히에게는 엄지를 들었다.

"감독님은 2000/01 시즌 이후 처음으로 발렌시아를 챔피언스리그 결승전까지 이끌었습니다. 이번에야말로 우승을 이루지 않을까요?"

"글쎄요. 저희는 우승을 위해 싸우지만, 우승을 확신하지는 않습니다."

발렌시아는 99/00 시즌, 00/01 시즌을 연속으로 챔피언스리그 결승에 올랐지만.

결국 두 번의 준우승 끝에 빅이어를 드는 데 실패했다.

클럽 역사상 단 한 번도 빅이어를 들지 못한 만큼, 어찌 보면 라리가보다 더욱 꿈에 그릴 트로피일 것이다.

"우선 내일 있을 경기를 보고 싶네요. 어느 쪽이 이기든지 기대가 되거든요."

원지석은 그 말을 끝으로 기자회견을 마무리 지었다.

그리고 마침내.

사람들은 그 결과를 확인했다.

「[마르카] 석패를 당한 레알 마드리드!」

「[스포르트] 산티아고 베르나베우를 집어삼킨 악마!」

결승에서 만나자는 오르텐시오는 결국 그 말을 지키지 못했다. 그는 한 선수를 멍하니 바라볼 수밖에 없었으니까.

─고오올! 이걸로 해트트릭을 달성하는 제임스!
─엄청난 골입니다!

제임스 파커.
신계를 침범한 악마.
레알 마드리드는 저 녀석을 막지 못하며 패배하고 말았다.

「[수페르 데포르테] 운명적인 대결!」

발렌시아의 챔피언스리그 결승전.
그 상대는.
첼시였다.

                    *   *   *

「[오피셜] 첼시와 발렌시아, 챔피언스리그 결승전에서 격돌!」

사람들의 반응은 뜨거웠다.
단순히 유럽 챔피언이란 왕좌에 어떤 팀이 앉을지를 기대하
는 사람도 있었지만.
대부분은 두 팀 사이에 얽힌 이야기에 흥분했다.

2015년.

햇수로는 10년 전의 겨울.

당시 첼시가 강등권을 허우적거릴 때였다.

보드진은 팬들에게 매우 큰 존재감을 가진 부리뉴를 해고시켰고, 대신 유소년 감독인 원지석을 감독대행으로 앉히는 강수를 던졌다.

사실상 시즌 포기 선언이자, 희생양이라는 평가가 지배적이었지만.

이는 결과적으로 대박을 쳤다.

감독대행 때 가능성을 보여준 원지석은 이후 정식 감독으로 임명되었고.

첫 시즌엔 더블을.

두 번째 시즌엔 트레블이라는, 구단 역사상 가장 화려한 기록을 세운 뒤 떠났다.

"누가 짜기라도 한 거 같군."

기사를 보던 원지석이 쓴웃음을 지었다.

원지석 더비.

이번 결승전의 또 다른 이름.

라이프치히와의 4강에 이어, 또 한 번의 원지석 더비가 열린 것이다.

이번 시즌 챔피언스리그를 영화로 만든다면 주인공이 정해졌다는 이야기가 괜히 나오는 게 아니다.

'그래도 그 느낌이 달라.'

떠난 이후로 한 번도 찾지 않았던 라이프치히와 달리, 런던은 그에게 익숙한 도시였다.

집이 있고.

가족이 있는 곳.

시간적인 여유가 된다면 항상 런던행 비행기에 몸을 실었을 정도로 말이다.

더군다나 첼시 선수들과는 지속적인 교류를 이어왔다. 당장 앤디가 처남인 데다, 원지석의 아이들이라 불리는 녀석들도 자주 놀러 왔으니까.

그렇기에 원지석은 라이프치히를 마주할 때와는 다른 감정을 느꼈다.

향수보다는 호승심을.

동시에 오랫동안 품어왔던 의문을, 이번에야말로 풀 기회로 여겨졌고.

「[BBC] 떠난 감독과 남겨진 팀의 대결!」

「[스카이스포츠] 트레블 이후로 7년이 지난 지금, 무엇이 달라졌는가?」

라이프치히가 원지석의 과거라면.

첼시는 원지석의 시작이다.

원지석이 다른 팀들의 지휘봉을 잡으며 성장한 것처럼, 첼시역시 다른 감독들과 함께하며 성장했다.

그런 팀을 상대로 이긴다면.

그때는 정말, 성장했다는 해답을 받을 수 있지 않을까.

─여기는 발렌시아의 홈인 누에보 메스타야입니다!

─엄청난 관중이군요! 경기장을 가득 메운 팬들로 인해 발 디딜 곳이 없을 정도예요!

─어쩌면 오늘! 라리가의 챔피언이 정해질지도 모르니까요!

경기장의 분위기는 그 어느 때보다 고조되어 있었다. 바로 어제 있었던 마드리드 더비에서, 레알 마드리드가 AT 마드리드를 상대로 무승부를 거둔 상황.

즉, 오늘 경기에서 이기기만 한다면 자력으로 우승을 확정 짓는 게 가능하다.

물론 그게 말처럼 쉽지만은 않았다.

"저 새끼들 표정 봐."

"누구 하나 담그려는 거 아니야?"

선수들의 중얼거림처럼.

오늘 상대인 RCD 에스파뇰은 살기를 품은 눈으로 이쪽을 보고 있었다.

그 시작이 카탈루냐 지방에 거주하는 카스티야인들을 위해 세워진 클럽답게.

예전만큼은 아니더라도, 레알 마드리드와는 어느 정도 우호 관계를 가진 에스파뇰이었다.

오늘도 우승 제물이 되기보단 고춧가루를 뿌려주겠다고 으름장을 놓았으니까.

삐이익!

휘슬이 울리는 것과 동시에.

에스파뇰은 승점을 뺏어갈 수 있으면 어디 한번 해보라는 듯 극단적인 수비 축구를 꺼냈다.

"짜증 나게 하네."

원지석은 떫은 감을 씹은 것처럼 경기가 진행되는 걸 지켜보았다.

사실 쓰리백을 꺼낼 때부터 예상하긴 했지만.

양 윙백마저 수비에 치중하니 다섯 명의 선수가 수비 라인을 구축한 것이다.

―또다시 나오는 거친 태클! 주심이 에스파뇰의 파울을 선언합니다!

―오늘 에스파뇰의 플레이가 매우 거칠어요!

―고춧가루가 아니라 캡사이신을 부었군요!

에스파뇰이 보여주는 매운맛에 원지석의 얼굴도 점점 구겨지는 중이었다.

이러다 몇 명의 선수가 부상으로 쓰러지는 게 아닐까 싶을 정도였다.

―발목을 노리는 위험한 태클!
―아! 퇴장! 결국 한 명의 선수가 퇴장하는 에스파뇰!

결국 주심은 붉은색의 카드를 꺼냈다.

에스파뇰 선수들이 너무 과한 판정이라며 항의했지만, 한 장의 옐로카드가 추가로 나오자 그들은 입을 다물었다. 경기 내내 거친 플레이로 일관하니 주심도 더 이상 말로만 할 생각이 없었던 것이다.

―산티 미나의 슈우웃!
―필사적인 헤딩으로 걷어냅니다!

그럼에도 에스파뇰의 수비를 뚫는 것은 쉽지 않았다.

퇴장 이후에는 아예 대부분의 선수들이 수비 라인에 엉덩이를 붙일 정도로.

승점 1점을 챙기겠다는 게 아닌.

발렌시아의 승점 2점을 빼앗겠다는 노림수.

"시발."

원지석이 욕지거릴 씹었다.

답답한 경기는 좀처럼 나아지지 않았다.

나중에는 아예 수비수를 빼고 공격수를 투입했지만, 에스파뇰의 필사적인 수비에 막혔다.

그렇게 반코트 경기가 이어지길 얼마나 되었을까.

결국 팬들이 반쯤 포기할 때.

상황이 변했다.

—고오오올! 마침내 선제골을 뽑아낸 레반도프스키!

—이대로라면 발렌시아의 우승입니다!

교체로 들어온 레반도프스키가 강렬한 아웃프런트 킥으로 골 망을 흔든 것이다.

와아아아!

누에보 메스타야가 거대한 함성으로 뒤덮였다.

이제 끝까지 버티기만 한다면 라리가 우승을 확정 짓게 된다. 자연스레 사람들의 시선이 전광판에 표시된 시계를 확인했다.

얼마 남지 않은 시간.

그들은 어서 빨리 시간이 지나기를 바랐다.

"아직 경기 안 끝났어!"

터치라인에 선 원지석이 버럭 소리를 질렀다. 경기가 끝나기 전까진 어떤 일이 벌어져도 이상하지 않다. 휘슬이 울릴 때까지, 긴장을 푸는 건 용납할 수 없었다.

—에스파뇰이 프리킥을 얻습니다!

—사실상 마지막 공격 찬스네요!

경기가 끝나기 직전.

에스파뇰이 코너킥을 얻어냈다.

우우우우!

공을 잡은 에스파뇰 선수가 발걸음을 옮길 때마다 엄청난 야유가 쏟아졌다.

수만 명이 보내는 야유에 키커가 침을 꿀꺽 삼켰다. 어마어마한 부담감이 그의 어깨를 짓눌렀다.

그럼에도 내색하지 않은 그는, 머리를 한 번 긁적이고선 조용히 공을 내려놓았다.

—키커로 선 사람은 한 명입니다.

—아무래도 직접 찰 생각인 듯싶군요.

도움닫기를 위해 천천히 뒷걸음질을 치는 그를 보며 누에보 메스타야의 팬들이 손을 모았다.

아니, 중계를 보는 레알 마드리드의 팬들 역시 같은 행동을 하고 있을 게 분명했다.

이대로 경기가 끝나기를.

혹은 반전의 기적이 일어나기를.

각자의 소망을 담으며 말이다.

쾅!

키커가 강하게 찬 슈팅이 수비벽을 넘었다. 자신의 머리 위를 스치는 공을 보며 토비가 재빠르게 고개를 돌렸다. 설마 골은 아니겠지?

　─아아아! 골문 위를 허무하게 넘어가고 마는 슈팅!
　─그대로 휘슬이 울립니다! 오늘 경기의 승자는, 그리고 24/25 시즌의 라리가 챔피언은! 바로 발렌시아입니다!

공이 골대를 멀리 벗어나는 것과 동시에 휘슬이 울렸다.
와아아아!
마침내 우승을 확정 짓자, 발렌시아의 팬들은 미친 듯이 소리를 질렀다.
무려 21년 만의 라리가 트로피였다.

*　　　　*　　　　*

「[마르카] 03/04 시즌 이후 21년이 걸린 트로피!」
「[스포르트] 원지석을 칭송하는 발렌시아의 서포터들!」

설마설마하던 일이 벌어졌다.
가능성은 있다고 말해도, 아무도 상상하지 않았던.
발렌시아가 트로피를 드는 모습을 말이다.
기사에는 함께 우승 트로피를 드는 파레호와 가야의 모습이 실렸다.
주장과 부주장이 환하게 웃으며 트로피를 들어 올리는 사진이었다.

"이번 시즌을 앞두고 팀에 남을지에 대해 고민을 많이 했습니다. 하지만 지금은 말할 수 있어요. 떠나지 않아서 정말 다행입니다. 선수 인생 최고의 순간이군요."

파레호는 그런 말을 남겼다.

맨 처음은 팀을 떠날 생각이었고.

원지석의 부탁에 결국 잔류를 선택했지만, 얼마나 많은 고민을 했던가.

우습게도, 그때 했던 모든 고민과 번뇌는 시상대에서 트로피를 만지는 순간 사라졌다. 발렌시아의 주장으로서 이 모든 걸 이루게 해준 감독이 신처럼 느껴질 정도였다.

"아직 코파 델 레이와 챔피언스리그가 남았습니다."

원지석은 차분함을 잃지 않으며 기자들의 질문에 답변했다.

시즌이 완전히 끝났다면 몰라도.

아직 그들에겐 두 개의 결승전이 남았다.

적어도 선수들의 분위기를 잡아줄 사람이 한 명 정도는 필요하지 않겠는가.

"저를 믿고 끝까지 따라온 선수들, 그리고 믿어준 팬들에게 감사를 표하며… 잠깐, 뭐야!"

"이 양반은 선약이 있어서."

"다음에 봅시다!"

갑작스레 난입해 원지석을 끌고 간 이들은 콘도그비야와 세바요스였다.

우승 뒤풀이를 위해 끌려가는 그 모습에 기자들은 쓴웃음을 지었다.

뭐, 기사는 충분히 뽑았으니까.

마무리된 기자회견에 그들도 짐을 쌌다.

「[수페르 데포르테] 가드 오브 아너를 준비할 에이바르!」

가드 오브 아너.

우승을 확정 지은 팀에게 표하는 경의.

발렌시아의 마지막 리그 경기는 에이바르 원정이었으며, 이에 그들은 흔쾌히 가드 오브 아너를 하겠다고 밝혔다.

─에이바르의 선수들이 길을 만들었군요.

─그 사이를 지나가는 발렌시아 선수들에게 박수를 보냅니다.

오늘은 파레호가 선발로 나섰다.

이번 시즌을 마지막으로 팀을 떠날 것을 모두가 알기에, 고별전이나 다름없는 경기였다.

경기는 파레호가 골을 넣으며 승리로 끝났고.

주장으로서의 마지막 리그 경기도, 이렇게 마무리가 되었다.

「[마르카] 24/25 시즌 결산!」

「[스포르트] 스페인을 점령한 박쥐 군단!」

이렇게 2024/25 시즌의 라리가가 끝났다.

언론들은 그동안의 시즌을 정리했고.

결과적으로는 발렌시아의 놀라운 우승이 최대 이변으로 꼽혔다.

친레알 마드리드, 친바르셀로나를 떠나, 그들이 짠 라리가 베스트 11엔 발렌시아 선수들의 이름이 반절 이상은 적혀 있었기 때문이다.

기존 선수들의 뛰어난 퍼포먼스도 그렇지만, 무엇보다 새로운 이적생들인 디발라와 뫼니에의 활약이 극찬을 받았다.

디발라는 리그에서만 27골을 넣었음에도 살라와 케인에게 밀리며 득점 3위에 머물렀고.

뫼니에 역시 가야와 더불어 시즌 베스트 풀백에 선정되기도 했다.

「[수페르 데포르테] 언론들이 선정한 최고의 감독으로 뽑힌 원지석!」

특히 언론들이 선정한 올해의 라리가 감독으로는 원지석이 없는 곳이 드물 정도였다.

신계의 아성을 넘지 못하며 언더독으로 꼽히던 발렌시아를 이끌고.

무려 21년 만에 라리가 우승을 차지한 남자.

이런 사람이 베스트 감독으로 뽑히지 않는다면 오히려 그게 더 이상할 터다.

「[수페르 데포르테] 발렌시아의 트레블 가능성은?」

한편 벌써부터 트레블을 언급하는 사람들이 나오기도 했다.

곧 열리는 코파 델 레이는 상대적으로 약팀으로 평가받는 데포르티보인 데다.

챔피언스리그 결승에선 어떤 일도 일어날 수 있었으니까.

—으아! 이걸 놓치나요!

—절호의 기회를 놓치는 발렌시아!

그런 설레발이 무색하게.

발렌시아는 코파 델 레이 우승에 실패하며 팬들의 설렘을 무너뜨렸다.

데포르티보는 괜히 바르셀로나를 꺾은 게 아니라는 듯 잘 짜인 조직력으로 발렌시아를 상대했으며, 결국 무승부 끝에 승부차기가 진행되었다.

결과는 7번째 키커인 무리요가 실축하며 우승컵을 내주고 말았다.

"이런 식으로 하면 첼시를 상대로는 어림도 없다."

폐부를 찌르는 원지석의 말에.

선수들은 아무 말도 하지 못했다.

하지만 충격이 컸던 걸까, 생각보다 후유증이 남은 모습에 원지석은 그들의 정신을 각성시킬 필요성을 느꼈다.

이미 예전에 정했지만.

대답할 시기를 정하지 못했던 말이자.

"저는 이번 시즌을 끝으로 발렌시아를 떠납니다. 그러니 여기서 들 수 있는 트로피는 모두 들고 싶군요."

다음은 없다는 배수진을.

55 ROUND

웰컴 홈

「[마르카] 마지막 경기를 선언한 원지석!」
「[스포르트] 이별을 슬퍼하는 발렌시아 팬들!」

그동안 원지석의 거취에 대해선 많은 이야기가 있었다.

재계약을 확정 지었다느니, 다른 팀과 협상 중이라느니 하는 기사들은 꾸준히 나왔으니까.

사실 잔류에 대한 가능성은 계속해서 제기되었다. 이미 첼시와 라이프치히에서 재계약을 맺었던 전례가 있기 때문이다.

그렇게 시즌 마지막이 되었을 즈음엔 어느 정도 예상한 팬들도 있었지만.

정말로 팀을 떠나겠다는 발표가 나오자, 그들은 아쉬움을 감추지 못했다.

"제가 어떤 팀과 계약을 맺었다는 기사는 다 거짓말입니다. 저는 아직 발렌시아의 감독이며, 계약기간이 만료되기까지는 모든 제의를 거절할 겁니다."

지금까지의 루머를 반박한 원지석은 챔피언스리그 결승전에 집중하겠다는 뜻을 밝혔다.

왜 좀 더 일찍 밝히지 않았느냐는 질문에, 그는 고개를 저었다.

"팀에 혼란을 주기 싫었습니다."

한 경기, 한 경기가 결승전 같았던 우승 레이스였다.

그런 상황에 갑자기 감독이 바뀐다면 선수들의 사기는 꺾이게 마련.

지금은 우승을 확정 지은 데다, 무엇보다 선수들의 분위기를 바꾸기 위한 충격요법이었다.

발렌시아의 감독으로 부임하고 두 시즌.

그 짧은 시간 동안 원지석은 팬들에게 큰 의미를 가진 감독이 되었다.

팬들은 슬퍼하면서도, 마지막에는 웃으며 헤어질 수 있도록 아름다운 이별을 꿈꿨다.

「[수페르 데포르테] 박쥐 군단을 하나로 집결시키는 파레호!」

효과는 나쁘지 않았다.

선수들도 이제는 깨달은 것이다.

이제 정말 마지막이라는 걸.

그런 선수들을 팀의 주장인 파레호가 구심점이 되며 하나로 모았다. 오랫동안 팀을 위해 헌신한 주장의 말은 그들에게 큰 동질감을 주었다.

"다행이야."

달라진 분위기를 확인한 원지석이 작게 한숨을 쉬었다.

자칫했으면 오히려 역효과가 났겠지만, 파레호는 주장으로서의 역할을 훌륭히 해주었다.

"그냥 직접 말하는 게 편했잖아?"

"글쎄요. 때로는 감독이 뱉어내는 말이나 감정보다, 그라운드에서 함께한 주장의 말이 더욱 다가올 때가 있으니까요."

"어렵구만."

케빈의 말에 원지석이 쓴웃음을 머금었다.

승부차기까지 갔던 코파 델 레이의 패배는 생각 이상의 후유증을 남겼다.

모든 선수가 그런 건 아니지만.

눈앞에서 놓친 트로피는 알게 모르게 그들의 어깨를 짓눌렀고, 그것은 상실감으로 이어졌다.

'파레호가 잘해줬지.'

기량이 떨어지고.

모든 경기를 뛸 수 없는 선수가 되었지만.

적어도 그 팔에 걸린 주장 완장의 무게를 잘 이해하고 있는 선수.

원지석이 가장 바라던 주장이었다.

그런 원지석을 물끄러미 보던 케빈이 입을 열었다.

"너도 변했구나."

"그래요? 케빈도 좀 변했으면 좋겠는데."

"뭐래."

코웃음을 친 케빈이 포장된 소시지를 우걱거렸다. 오는 길에 다른 코치가 먹으려던 것을 빼앗아 온 거였다.

피식 웃음을 터뜨린 원지석이 생각에 잠겼다.

'변한 건가.'

지금 같은 일이 막 감독 커리어를 시작했을 때 생겼다면 어땠을까.

아무것도 없었고, 어린놈이라고 무시받지 않기 위해, 살아남기 위해 발악하던 그때였다면.

'일단 쓰레기통부터 걷어찼겠지.'

첼시 라커 룸에 있었던 울퉁불퉁하게 찌그러진 철제 쓰레기통이 떠올랐다. 지금은 치웠으려나.

뭐, 경기장을 새로 확장했으니 남아 있을 거란 생각은 들지 않았지만.

"슬슬 갈 준비 하죠."

"아으어."

"내용물이 튀잖아요, 좀."

한 손에는 정리한 자료를 들고서.

그들이 향한 곳은 훈련장이었다.

훈련장에 도착하니 선수들이 몸을 푸는 모습이 보였다. 전에 보였던 상실감은 전혀 보이지 않았고, 대신 반드시 이기겠다는 승부욕이 느껴졌다.

원지석이 가장 좋아하는 눈빛이었다.

"정신들 차렸나 보구나."

"네 얘기하는 거잖아."

"내가 언제요?"

멘탈적으로 큰 문제가 없었던 베테랑들은 옆에 있는 선수들의 옆구리를 찌르며 놀렸다. 그런 모습을 보니 더 이상 걱정할 필요는 없을 것 같았다.

훈련에 앞서 선수들을 모은 원지석이 고개를 끄덕였다. 지각을 하거나, 컨디션이 나빠 보이는 녀석은 없었다.

"사람들이 뭐라 떠드는지는 다 알고 있을 거다. 다들 우리의 패배를 예상하고 있더군."

잔인하지만.

그게 결승전을 바라보는 사람들의 시선이었다.

발렌시아가 약하다는 게 아니다. 라리가 챔피언이란 타이틀은 노름으로 얻는 게 아니니까.

그러나 상대인 첼시는.

챔피언스리그 디펜딩 챔피언이자.

현재 유럽 최고로 꼽히는 팀이었다.

그들은 지난 시즌 압도적인 경기력과 함께 빅이어를 들었고,

이번 시즌에도 매우 좋은 퍼포먼스를 보여주며 결승에 올랐다.

"우리를 응원해 주는 팬들도, 우리의 승률을 높이 치지 않는 게 현실이고."

선수들의 퀄리티는 차치하더라도.

심지어 경기가 열리는 장소마저 첼시의 홈인 뉴 스탬포드 브릿지다.

결승전 장소는 시즌 전에 정해지지만, 기어코 결승까지 올라와 홈에서 뛰게 된 것이다. 표가 일정하게 배분되어도 익숙함의 차이는 큰 무기였다.

"맞아. 우리가 더 나을 게 없는 상황이지. 하나만 빼면."

첼시에는 없고, 발렌시아에는 있는 것.

자신을 가리킨 원지석이 웃었다.

"나."

발렌시아의 승률이 낮다는 거지, 없는 게 아니다.

축구공은 둥글다.

그가 가장 좋아하는 말이다.

그 차이를 만드는 것은 감독이었고.

선수들이 본격적인 훈련을 시작하기 위해 각자 자리로 돌아갔다. 원지석 역시 그러려 할 때, 슬쩍 옆으로 다가오는 녀석이 있었다.

바르보사였다.

그는 머쓱한 얼굴로 입을 열었다.

"그런데 감독님."

"응?"

"이런 부탁을 해서 죄송한데, 제임스랑 유니폼 교환하는 것 좀 부탁해도 될까요?"

그렇게 말한 바르보사는 애들이 팬이라는 멋쩍은 변명을 덧붙였다.

알겠다는 말에 녀석은 주먹을 불끈 쥐며 작은 셀레브레이션을 했다. 어지간히 기쁜 모양이었다.

"하여간."

쓰게 웃은 원지석이 고개를 저었다.

*　　　　*　　　　*

「[BBC] 원지석을 도발하는 제임스!」

「[스카이스포츠] 앤디, 새로운 집에 오는 걸 환영한다」

워낙 많은 관심을 받은 경기다 보니, 선수들의 인터뷰 같은 것도 화제가 될 정도였다.

"런던에 온 김에 그대로 집에 가면 되겠네요. 경기가 끝난 뒤 눈물을 흘리는 것보단 낫지 않겠습니까?"

거만하게 팔짱을 낀 제임스가 이를 드러내며 웃었다. 어차피 질 경기니 집에서 TV나 보라는 말이었다.

옆에 있던 앤디는 눈을 껌뻑 뜨더니, 이내 머리를 긁적이고선 방긋 웃었다.

"저는 상관없는 이야기예요."

"아니, 잠깐만."

"원 감독님은 제 은사입니다. 그분이 없었다면 지금과 다른 인생을 살아가고 있었겠죠. 저는 감독님을 환영할 거예요."

밝게 빛나는 앤디와 달리 제임스의 얼굴은 흙빛이 되어가고 있었다.

벨미르라는 녀석이 4강을 앞두고 한 인터뷰가 꽤 마음에 들어 비슷하게 따라 했는데, 이렇게 된다면 자기만 쓰레기가 되지 않는가.

지금이라도 말을 바꿔야 할까 생각하던 중.

부르르.

갑작스레 울린 진동에 제임스는 몸이 쭈뼛거리는 걸 느꼈다.

선수 생활을 하면서 단련된, 수많은 부상을 피하게 해준 본능적인 직감이 경종을 친 것이다.

'아, 제발.'

제임스는 지금 기자회견을 하는 중임에도 주머니 속의 스마트폰을 꺼냈다.

[죽어.]

손으로 눈가를 덮은 건 잠시 후의 일이었다.

「[수페르 데포르테] 원지석, 나는 첼시를 잘 알고 있다」

원지석 역시 도발에 맞대응을 해주었다.

자기만큼 첼시를 잘 아는 사람은 없을 거라는, 어찌 보면 여유가 느껴지는 도발이었다.

발렌시아를 싫어하거나, 원지석을 싫어하는 사람은 드디어 맛이 간 거냐는 조롱을 했지만.

―여기는 뉴 스탬포드 브릿지입니다!

―챔피언스리그, 그 대망의 결승전!

―디펜딩 챔피언인 첼시와 도전자인 발렌시아의 대결을 잠시 후에 보내 드리도록 하겠습니다!

버스에서 내리는 발렌시아 선수들의 모습이 중계 카메라에 잡혔다.

그들은 투사들이었다.

곧 있을 싸움에 당장에라도 나서고 싶어 하며 승부욕을 불태우는.

라커 룸에서 마지막 점검을 끝낸 원지석이 뒤를 돌아보았다. 유니폼을 갈아입고, 굳은 눈으로 서 있는 선수들이 감독의 말을 기다렸다.

"내 시작이나 다름없는 팀이다."

원지석이 지금부터 할 말은.

그동안 누구에게도 하지 못했던 이야기이자, 그의 가장 솔직한 마음이었다.

"너희와 함께, 그 시절의 나보다 낫다는 걸 증명하고 싶다."

선수들이 감동한 얼굴로 고개를 끄덕였다.

이제 와서 깨닫기엔 새삼스럽지만.

눈앞에 있는 이 감독과.

가능하면 오랜 시간을 함께하고 싶은 것이다.

스페셜 원.

그 말처럼 원지석은 특별한 감독이고.

지금 그와 함께하는 이 시간은 특권이었다.

"가자."

라커 룸에서 나오고, 터널을 향해 걷던 순간, 타이밍 좋게 반대쪽 통로에서 첼시 선수들이 나오는 모습이 보였다.

"감독님!"

"앤디."

눈을 빛내며 달려오는 녀석을 보며 원지석이 미소를 지었다. 유니폼을 입은 모습을 마주하니 꽤나 색달랐기 때문이다. 이렇게 만난 게 언제였지.

트레블을 기록하고 첼시를 떠날 때, 앤디는 어린 티가 남았던 청년이었다.

그러나 지금 눈앞에 있는 앤디는 어엿한 남자가 되었다.

그 변화를 깨달은 원지석으로선 감회가 새로웠다.

"오랜만이네요."

"그래."

"라이언은 반갑다!"

"나도 반가워."

"감독님, 저……."

"넌 죽었어."

차례대로 킴, 라이언, 제임스와 한 인사였다.

이른바 원지석의 아이들이라 불리는 녀석들의 등장에 발렌시아 선수들이 술렁거리는 게 느껴졌다.

엄청난 잠재력을 가진 유망주에서, 이제는 세계 최고의 선수들로.

원지석은 성장한 아이들을 보고선 이를 드러내며 웃었다.

라이프치히 때와는 다른 게 이거다.

그가 성장시키긴 했지만 스카우터들이 발견하고 영입했던 그들과는 달리.

이 녀석들은 그가 직접 발굴하고, 데려온 녀석들이었으니까.

"정말 기대돼요."

"나도 그렇구나."

이제는 다 큰 어른이지만, 마치 그때처럼 앤디의 머리를 헝클인 원지석이 터널을 걸었다.

새로 증축한 뉴 스탬포드 브릿지를 방문한 적은 있지만, 이렇게 감독으로서 터널을 지난 적은 없었다.

그라운드에 가까워질수록 관중들이 울리는 열기와 진동이 찌릿찌릿 느껴졌다.

와아아아!

마침내 터널을 지나자 쨍한 불빛과 엄청난 함성이 귀를 아프게 했다.

처음 보인 것은 하프라인을 중심으로 한 센터서클에서 챔피언스리그를 상징하는, 흰 바탕에 검은색의 별이 새겨진 마크가 흔들리는 거였다.

슬쩍 고개를 돌리자 첼시 앰블럼이 거대하게 새겨진 깃발이 흔들리는 모습과.

다시 돌아온 이를 반기는 카드섹션이 펼쳐졌다.

「웰컴 홈!」

하나하나의 종이는 곧 원지석의 모습과, 집에 돌아온 걸 환영한다는 인사를 만들었다.

그뿐만이 아니라 수많은 전설들과 함께 그의 모습이 그려진 거대한 걸개가 걸려 있었다.

"하하."

원지석이 그 걸개에 적힌 문구를 보고선 웃음을 터뜨렸다.

피치 위의 마스티프.

오늘 투견은 길러준 주인의 목을 물기 위해 돌아왔다.

*　　　　*　　　　*

―첼시 팬들이 원지석 감독을 환영하는군요.

─모르는 사람이 본다면 왜 상대 팀의 감독을 환영하는지, 이해가 가지 않을 겁니다.

두 시즌.

감독대행 시절까지 합해도 두 시즌 반이라는 짧은 시간이지만.

원지석이 지휘봉을 잡았던 이 기간 동안.

첼시는 구단 역사상 가장 화려한 시기를 보내게 된다.

비록 더 이상 계약을 연장하지 않고 독일로 떠났지만, 팬들은 그의 모습이 담긴 걸개를 걸어두며 감사함을 표했다.

와아아아!

이번엔 거대한 박쥐가 새겨진 발렌시아의 앰블럼이 크게 흔들렸다.

그게 마치 남의 감독에게 추파를 던지지 말라는 견제 같기도 했다. 이번 경기를 끝으로 떠난다고 하지만, 아직은 그들의 감독이었으니 말이다.

─선수들이 터널을 지나며 입장하는군요.
─양 팀의 선발 명단입니다.

먼저 발렌시아의 라인업이 소개되었다.

골키퍼 장갑은 하우메 도메네크가 꼈으며.

포백에는 가야, 토비, 데 리흐트, 푀니에가 수비 라인을 구축했고.

중원에는 세바요스, 콘도그비아, 솔레르를.

마지막 최전방에는 산티 미나, 디발라, 바르보사가 쓰리톱을 구축하며 433포메이션을 완성했다.

─큰 변화는 없군요. 정면 승부를 선택한 발렌시아입니다.
─이어서 첼시의 라인업을 살펴보죠.

골키퍼 장갑은 쿠르트아가 꼈고.

포백에는 라이언, 이니고 마르티네스, 크리스텐센, 아스필리쿠에타가 수비 라인을 구축했으며.

중원에는 캉테와 킴이 허리를 구성하고, 공격형미드필더 자리에 앤디를 놓았다.

측면공격수로는 아자르와 곤살루 게데스를, 원톱 자리에는 제임스가 홀로 서며 공격을 이끌었다.

"다 아는 얼굴들이군."

자리를 잡는 선수들을 보며 원지석이 중얼거렸다.

원래부터 있던 선수들과.

그가 발굴한 유망주가 있는 팀.

심지어 곤살루 게데스는 한때 발렌시아에서 뛰어난 활약을 보여줬던 선수다.

챔피언스리그를 원했던 그는, 이후 첼시로 이적하고선 빅이어를 들며 소원을 성취했다.

─첼시 역시 가장 뛰어난 퍼포먼스를 보였던 4231 전술을 꺼 냈습니다.

─과연 어떤 대결을 보여줄지, 이제부터 알 수 있겠군요.

삐이익!

휘슬과 함께 경기가 시작되었다.

"놀아보자고!"

제임스가 백패스를 하며 소리쳤다.

곧 양 팀의 선수들이 얽혔고, 발렌시아는 시작부터 앤디를 강하게 압박했다.

첼시의 플레이메이커이자.

유럽 최고의 플레이메이커.

"더럽게 잘생겼네."

"칭찬 고마워."

콘도그비아의 중얼거림을 들은 앤디가 웃었다. 이 미드필더 는 그 실력만큼이나 준수한 외모가 유명한 녀석이었다. 그라운 드가 아닌 할리우드에서 뛰었어도 성공했으리라.

헤실거리며 웃는 모습을 보니 거친 축구판에서 어떻게 버티 는 건지 의문이 들었지만.

그건 정말 쓸데없는 걱정이었다.

─아스필리쿠에타의 패스가 앤디에게!

뒤쪽에서 패스가 들어오는 순간.

콘도그비아는 어깨가 오싹해지는 걸 느꼈다.

방금까지 헤실거리던 녀석은 어디로 갔는지, 앤디가 날카로운 눈으로 공의 방향을 확인하고 있었기 때문이다.

'시발, 이중인격이야?'

어찌 됐든 이 녀석을 놓쳐서는 안 된다. 그게 감독이 내린 지시였으니까.

곧바로 공을 뺏기 위해 콘도그비아가 몸싸움을 걸며 앤디를 방해했다. 하지만 그 눈이 부릅떠지기까지는, 그리 오래 걸리지 않았다.

─앤디의 환상적인 터치!

바깥 발로 터치한 공이 그대로 높게 떠오른 것이다.

자신의 키를 넘기는 공을 멍하니 보던 콘도그비아가 핫 하고 정신을 차렸지만.

앤디는 이미 공을 받기 위해 빠져나간 뒤였다.

─공을 길게 치고 달리는 앤디!
─가벼운 개인기로 솔레르마저 제쳐냅니다!

상체를 살짝 흔든 앤디가 곧 크게 방향을 꺾으며 솔레르를 제쳤다.

매우 빠르게 달리면서도 주위를 한 번씩 훑어본 그는, 이윽고 공을 톡 찍으며 로빙 스루패스를 올렸다.

측면에서 안쪽으로 돌파하던 게데스에게 말이다.

ー게데스의 슈우웃!
ー데 리흐트를 맞고 아웃되는군요!

골문 구석을 노린 슈팅은 데 리흐트가 몸을 던지며 막아냈다.

게데스는 아쉬움을 토했고, 골키퍼인 하우메 도메네크가 데 리흐트를 일으켜 세우며 잘했다는 듯 어깨를 쳤다.

ー코너킥을 준비하는 첼시.
ー키커인 앤디가 손을 듭니다.

이어진 코너킥은 뫼니에가 페널티에어리어 밖으로 걷어내며 발렌시아의 역습이 시작되었다.

세트피스 공격에 참여한 첼시 선수들이 아직 복귀하지 못한 상황.

그에 반해 발렌시아는 세 명의 선수들이 하프라인 근처를 어슬렁거리고 있었다.

"기회야! 뛰어!"

공을 잡은 디발라를 중심으로 좌우의 공격수들이 뛰었다.

산티 미나는 좀 더 직접적인 득점을 노리기 위해 일직선으로 뛰었고, 바르보사는 측면으로 돌며 수비를 분산시켰다.

잠시 그 둘을 확인한 디발라는.

곧 마음을 정한 듯, 그대로 수비 라인을 향해 직접 돌파를 시도했다.

―계속해서 드리블을 하는 디발라!
―산티 미나가 동선이 겹치지 않도록 빠집니다!

수비 라인 앞에서 자리를 지킨 킴이 일차적인 압박을 가했다. 심장이 세 개라도 되는지, 그 엄청난 체력을 바탕으로 따라붙는 압박은 매우 끈질겼다.

"이쪽, 이쪽으로!"

그때 손을 든 사람은 바르보사였다.

수비 라인을 탈 준비를 하며 공을 달라는 제스처에, 디발라가 그쪽을 향해 오른발을 들었다.

―디발라의 스쿱 턴!
―그대로 킴을 따돌립니다!

하지만 패스가 아닌, 공을 쓸듯 방향을 전환한 스쿱 턴이 나왔다.

오른쪽에서 왼쪽으로 몸을 돌린 디발라가 조금 더 측면으로 빠진 뒤 패스를 찔렀다.

공을 받은 건.

골 냄새를 맡고 페널티에어리어를 향해 침투하던 산티 미나였다.

—산티 미나의 슛이 골키퍼의 손을 맞고 튕깁니다!

—하지만 아직 아웃되지 않았어요!

수비 사이를 송곳처럼 노린 슈팅은 첼시의 골키퍼인 쿠르트아의 선방에 막히고 말았다.

하지만 아직 공이 살아 있는 상황.

그때 세컨드 볼을 노린 바르보사가 높이 뛰어올라 헤딩을 시도했다.

—다시 한번 선방에 성공하는 쿠르트아! 팀을 두 번이나 구해냅니다!

—팔이 길쭉길쭉해서 그런지 쭉쭉 뻗어지네요!

땅에 한 번 바운드되었음에도, 쿠르트아가 손끝을 뻗으며 공을 쳐내는 데 성공한 것이다.

"빌어먹을 코쟁이."

슬쩍 고개를 들어 골이 들어갔는지를 확인한 바르보사가 다시 잔디에 얼굴을 묻었다.

방금은 골이라고 확신했었는데.

괜히 잔디를 쥐어뜯은 바르보사가 몸을 일으키며 코너킥을
준비했다.

—이번엔 발렌시아의 코너킥이 선언됩니다.
—꽤나 많은 선수들이 페널티에어리어에 들어가는군요.

벌써부터 좋은 위치를 잡기 위한 신경전이 펼쳐졌고, 주심이
휘슬을 불며 그들을 진정시켰다.

그러는 사이 코너킥 깃발까지 간 세바요스가 공을 내려놓고
선 뒷걸음질을 쳤다.

"후우."

긴 숨을 내쉬고선.

손을 들며 준비가 끝났다는 걸 알린 세바요스가 성큼성큼
걸은 뒤 크로스를 올렸다.

쾅!

강한 힘이 실린 크로스는 곧장 페널티에어리어로 휘었으며,
그 끝에 있는 것은 뫼니에였다.

—뫼니에의 헤딩!
—라이언이 막아내는 데 성공합니다!

마치 슈퍼히어로처럼, 몸을 앞으로 내밀며 날아오른 라이언이 헤딩을 막아냈다.

하지만 아직 안심하기엔 이르다.

발렌시아에게는 운이 좋게도, 걷어낸 공이 디발라에게 왔기 때문이다.

―디발라아아!

길지 않은 도움닫기 후.

떨어지는 공을 정확하게 때린 발리 슈팅이 수비수들 사이로 지나가며, 그대로 골 망을 흔들었다.

―고오오오올! 디발라의 환상적인 슈팅이 선제골을 뽑아냅니다!

―전반 13분 만에 선제골을 터뜨린 발렌시아!

골을 넣은 디발라가 카메라 앞까지 다가가 검투사 셀레브레이션을 선보였다.

그러면서도 라이언을 향해 한쪽 눈을 찡긋거리는 걸 잊지 않았다.

예전에 그가 유벤투스 소속이었던 시절.

원지석의 지도를 받던 라이언이 자신의 셀레브레이션을 따라 하며 도발한 걸 이제야 갚아준 것이다.

울컥한 거인의 모습을 보니 십 년 동안 묵은 게 쑥 내려가는 느낌이었다.

─ 경기가 다시 시작되는군요.
─아직 시간이 많이 남았기 때문인지, 딱히 서두르지 않는 첼시입니다.

원지석이 이끌었던 첼시와 다른 점이 있다면, 그건 선수들의 나이일 것이다.

세월을 이기는 선수는 없다.

아자르 역시 이에 속하는 경우였다.

예전의 그가 폭발적인 스피드로 측면을 초토화시켰다면, 신체적인 기량이 떨어진 지금은 순간적인 드리블로 수비 라인을 끊어내는 절단기에 가까웠다.

뭐, 지금까지 첼시의 한쪽 자리를 굳건히 지켰다는 점에서 얼마나 무서운 절단기일지는 설명하지 않아도 될 터다.

그런 아자르가 솔레르를 제치고선 반대쪽 측면으로 공을 길게 연결했다.

─길게 드리블을 하는 게데스!
─이 무슨 이야기인지, 가야가 그를 마크하네요!

한때 발렌시아에서 활약했던 게데스는 매우 좋은 모습을 보여주며 팀의 공격을 이끌었다.

그랬던 게데스와 수비의 핵심이었던 가야는 꽤나 친한 사이였다.

하지만 그런 관계도 결국 이적으로 인해 멀어지고 말았다. 발렌시아의 부진이 길어지자 말콤이 떠난 첼시행을 택한 것이다.

"오랜만이야."

"그러게. 라리가 우승 축하해."

"너도 함께였으면 좋았을 텐데."

가야의 말에 게데스가 피식 웃었다.

그는 떠난 선수고, 지금까지 남은 가야는 주장 완장을 찼다.

되돌리기엔 너무 늦은 이야기였다.

"나중에 생각해 보지."

잡담은 끝이다.

이를 악문 게데스가 속도를 올렸다.

아자르의 기동력이 떨어진 대신, 그가 반대쪽 측면을 흔들어야 하는 역할을 맡은 것이다.

"가야, 뭐 하는 거야!"

토비가 버럭 소리를 질렀다.

슬쩍 고개를 돌렸지만 미드필더들은 앤디를 압박하고 있었고, 다른 수비수들은 제임스를 마크하는 중이었다.

즉, 여기선 그가 해결해야만 했다.

'페널티에어리어까지 들어오기 전에!'

슬금슬금 다가가며 공간 압박에 들어간 토비를 보던 게데스가 패스를 할 때였다.

그 순간.

눈을 빛낸 토비가 태클을 걸었다.

―토비의 태클에 게데스가 쓰러집니다!
―휘슬을 분 주심이 프리킥을 선언하는군요!

하지만 태클은 공이 아닌 발을 먼저 건들고 말았다. 페널티 에어리어 밖에서 저지른 파울이었기에 페널티킥이나 카드가 나오진 않았지만, 그래도 위험한 위치였다.

"시발, 좆 됐다."

그 상황에 원지석이 끙 하고 앓는 소리를 냈다.

공을 들며 다가오는 녀석은.

앤디였다.

―앤디 요크! 그가 키커로서 나섭니다!

런던의 빌헬름 텔이자.

원지석이 발굴한 명사수.

앤디가 발렌시아의 벤치가 있는 곳으로 눈을 돌리자 둘의 눈이 마주쳤다.

짧은 시선 교차 끝에, 씨익 웃은 녀석은 이윽고 눈을 감았다.

―앤디 선수가 간만에 눈을 감는군요!

눈을 감는 것.

어리고 겁 많던 소년에게 눈을 감는다는 건, 일종의 도피처였다.

그랬던 소년은 자신에게 손을 내밀어준 은사를 따랐고, 이제는 눈을 감지 않아도 될 정도로 성장했지만.

보여주고 싶었다.

그 사람에게, 그때와 같은 모습으로.

어찌 보면 짓궂은 장난이겠지만, 지금이 아니라면 할 수 없는 장난이었다.

삐이익!

어둠 속에서 길게 울리는 휘슬이 느껴졌다.

동시에 앤디가 발걸음을 옮겼다. 간만에 눈을 감았지만, 공이 어디 있는지는 훤히 알 수 있었다.

―앤디가 달립니다.

―앤디, 앤디의 슈우웃!

쾅!

눈을 감은 명사수가.

화살을 쐈다.

*   *   *

'실제로 겪어보니 황당하네.'

골문 앞에 선 하우메 도메네크가 눈썹을 긁적였다.

프리킥을 준비하다, 갑자기 눈을 감는 앤디를 보며 오만 가지 생각이 든 것이다.

'이런 기분이었군.'

앤디는 데뷔 때부터 충격적인 활약을 보여줬던 유망주였다. 하지만 그 실력만큼이나 주목받은 게 있었으니.

눈을 감은 데드볼리스트.

세상에 자기 시야를 가리고 프리킥을 차는 녀석이 있을 줄은, 도메네크마저 직접 영상으로 확인하기 전까진 이상한 소문이라 치부했으니까.

'어려워.'

슈퍼스타들은 저마다 특이한 버릇을 가지고 있다지만, 녀석의 버릇은 골키퍼로선 매우 짜증이 나는 쪽이었다.

골키퍼들이 프리킥에 대응하는 방법 중 하나가 키커의 눈을 보는 거다.

그런데 그 눈을 감아버리니, 매우 빠른 공의 궤적을 좇거나 본능적으로 몸을 던지는 수밖에.

'그런데 왜 이제 와서?'

워낙 임팩트가 커서 그렇지, 사실 앤디가 눈을 감지 않게 된 건 꽤나 오래된 이야기였다.

트레블을 이루었던 시즌부터는 확실히 눈을 떴으니까.

오죽하면 광고 영상에서만 눈을 감은 빌헬름 텔을 만날 수 있겠다고 하겠는가.

그런 사람이 왜 다시 눈을 감았는가. 아마도 원지석에게 보내는 퍼포먼스가 아닐까 싶었는데, 곧 이어지는 휘슬 소리에 그는 상념을 멈췄다.

―앤디가 발걸음을 뗍니다.

―프리킥을 차는 앤디! 앤디이이!

쾅!

강하게 때린 슈팅이 수비벽을 넘겼고, 하우메 도메네크가 몸을 던진 것도 동시였다.

골문 바깥쪽으로 나가는 공을 보며 그는 그대로 아웃을 예상했지만.

'어?'

갑작스레 방향을 꺾고.

골문 구석으로 휘는 슈팅에 도메네크가 눈을 크게 떴다.

급하게 손을 뻗었지만 이미 바닥에 떨어지는 중인 도메네크와, 오른쪽 상단 구석으로 빨려 들어가는 슈팅의 차이는 꽤나 컸다.

—고오올! 런던의 빌헬름 텔이 또 하나의 프리킥 골을 넣는 데 성공합니다! 이걸로 스코어는 동점!

—손을 번쩍 들며 기뻐하는 앤디! 정말 그림 같은 순간이었어요!

리플레이 영상만을 따서 광고에 그대로 써먹어도 상관없을 법한 장면이 뽑혔다. 그 정도로 멋졌던 골이었다.

그때 화면이 바뀌었다.

동료들과 셀레브레이션을 나누는 앤디에서.

굳은 얼굴로 입가를 한 번 쓸어내리는 원지석을.

—하하, 카메라가 원 감독을 잡네요.

—당하는 입장이 되어보니 복잡한 모양입니다.

원지석이 한숨을 쉬었다.

확실히 첼시 시절엔 프리킥 상황이 매우 든든했다. 높은 확률로 골을 기대할 수 있었기 때문이다.

그러나 상대 팀으로서 프리킥을 내주는 입장이 되니 매우 골치가 아팠다.

"페널티킥 같은 거로 생각해야지."

쓰게 중얼거린 원지석이 안경을 고쳐 썼다. 페널티킥보다 프리킥이 더 편하다는 말을 하는 녀석이었으니까, 틀린 말은 아니다.

경기가 다시 시작되었다.

발렌시아는 수비적으로 강한 압박을 주다가도, 틈이 보일 때마다 빠른 역습을 시작했다.

—공을 끊어내는 콘도그비아!
—솔레르가 공을 운반하는군요!

콘도그비아에게 패스를 받은 솔레르는 중앙과 측면을 넓게 움직였다.

세바요스, 뫼니에와 패스를 주고받으며 전진하던 솔레르가 공을 길게 터치하며 속력을 올렸다. 이번엔 본인이 직접 공격에 가담하기로 마음먹은 것이다.

"그쪽을 막아!"

발렌시아 공격진의 움직임이 바뀐 걸 눈치챈 아스필리쿠에타가 소리쳤다.

첼시의 주장 완장을 찬 그는 수비 라인을 지휘하며 뛰어난 커맨딩 능력을 보여주었다. 더 이상의 실점이 없는 데는 그의 지휘가 컸다.

—아스필리쿠에타의 지시에 따라 킴과 캉테가 공간 압박에 들어갑니다!

"제길."

서서히 좁혀지는 포위망에 솔레르가 혀를 찼다. 이대로 드리블을 통해 돌파를 할까 생각했지만, 리스크를 생각하면 선뜻 나설 수가 없었다.

　－둘러싸이는 솔레르!
　－늦기 전에 패스를 합니다!

　첼시의 압박을 자신에게 유도한 그가 아슬아슬한 타이밍에 공을 넘겼다.
　킴이 슬라이딩태클을 하며 몸을 던졌지만 끊어내지 못했고, 패스를 받은 디발라가 측면에 있는 바르보사를 향해 길게 연결했다.
　"나이스 패스!"
　공을 소유한 바르보사가 재빠르게 방향을 꺾었다.
　이니고 마르티네스가 달라붙기 전에 페널티에어리어 라인을 넘은 것이다.

　－몸을 한 번 접는 바르보사!
　－왼발잡이인 그에겐 나쁘지 않은 각입니다!

　수비수들을 완전히 따돌리진 못했지만, 슈팅을 하기엔 나쁘지 않은 위치였다.
　스읍, 숨을 길게 들이쉰 바르보사가 발을 들었고.

쾅!

강한 슈팅이 골문 반대쪽 구석으로 휘었다.

―아! 미리 예측한 쿠르트아가 쳐냅니다!

―발렌시아의 코너킥!

슈팅을 막은 쿠르트아가 수비수들과 하이 파이브를 한 뒤 짐승처럼 포효했다.

그와는 반대로 기회를 놓친 바르보사는 망연자실한 얼굴로 머리를 감쌌으며, 곧 디발라가 다가와 잘했다는 듯 어깨를 두드렸다.

"뭘 그러고 있어. 준비해."

"후우."

한숨을 쉰 바르보사가 고개를 끄덕였다.

곧 발렌시아 선수들이 세트피스 공격에 참가하기 위해 올라왔고.

키커로는 세바요스가 섰다.

―첼시가 하프라인에 세 명의 선수들을 두었군요.

―발렌시아로서는 역습을 신경 쓰지 않을 수가 없어요.

위험을 감수하고 세트피스 공격에 집중하느냐, 아니면 역습을 신경 쓰느냐.

원지석은 수비 쪽에 몇 명의 선수를 더 추가하며 안정적인 선택을 했다.

'생각 같아선 모두 페널티에어리어에 집어넣고 싶었지만.'

하프라인 근처에서 아랫입술을 날름거리는 제임스의 모습을 본 순간, 얌전히 수비를 추가한 원지석이었다.

쾅!

손을 든 세바요스가 강력한 킥을 올렸다.

─공중볼을 잡아내는 쿠르트아!

─역시나 공중볼에서는 매우 좋은 모습을 보이네요!

긴 팔을 이용해 어렵지 않게 공중볼을 잡아낸 쿠르트아가 눈을 빛냈다.

페널티에어리어와 하프라인 사이.

그 사이를 뛰는 앤디가 보였기 때문이다.

"앤디!"

어깨가 욱신거릴 정도로 강한 스로인이 던져졌고, 환상적인 퍼스트 터치를 보여준 앤디가 공을 갈무리하며 길게 드리블을 했다.

"빨리 복귀해! 빨리!"

앤디가 공을 잡자마자 터치라인에 선 원지석이 버럭 소리를 질렀다.

이미 하프라인에는 추가적인 수비를 두었으니 스루패스를

넣지는 못할 터다.

하지만 문제는.

저 멀리서 달려오는 거인에게 있었다.

"우워어어어!"

뉴 스탬포드 브릿지의 글래디에이터.

혹은 골리앗이라 불리는 남자.

라이언이 매우 빠른 속도로 측면을 뛰었다.

"측면을, 아니, 그냥 앤디를 막아!"

점점 가속도가 붙는 라이언을 보며 원지석이 앤디를 압박하라 지시했다. 직접적인 싸움보다는, 패스 줄기를 막아버리고선 공을 소유하지 못하게 할 계획이었다.

동시에 하프라인에서 눈치 싸움을 하던 제임스가 측면을 가리키며 소리쳤다.

"골리앗에게 줘!"

"오케이!"

앤디가 라이언이 있는 곳을 향해 강한 스루패스를 찔렀다.

공을 받기에는 너무나 먼 거리.

그럼에도 라이언은 또 한 번 기어를 올리며 스피드를 폭발시켰다.

—라이언이 공을 받아냅니다!

—저걸 받네요!

라이언이 오프사이드트랩을 박살 내는 순간, 하프라인에 머물렀던 첼시의 공격수들도 자리를 박찼다.

발렌시아 선수들이 서둘러 수비에 복귀하면서도, 몇 명은 미리 자리를 잡으며 라이언의 앞을 막았다.

"저런 걸 막으라고?"

"할 수 있을까?"

마치 목줄이 풀린 괴물처럼.

녀석의 질주는 멈출 줄을 몰랐다.

뭐가 그렇게 화가 났는지, 눈을 부릅뜨고 달려오는 라이언을 보며 솔레르가 침을 꿀꺽 삼켰다.

"온다!"

옆에 있던 가야의 중얼거림에 솔레르가 이를 악물었다.

계획은 어렵지 않았다.

1차적인 압박으로 솔레르가 몸싸움을 하며 속도를 늦추고, 그사이에 가야가 공을 빼내는 거였다. 수비에 복귀 중인 동료들이 올 때까지만 시간을 끌어도 나쁘지 않은 계획이리라.

하지만 예상하지 못한 게 있다면.

"라이언은!"

저렇게 가속력이 붙은 라이언은 탱크나 마찬가지라는 것.

추진력을 얻듯 허벅지를 수축시키고.

콧김을 내뿜은 녀석이 소리쳤다.

"멈추지 않는다!"

몸을 집어넣으며 비비려던 솔레르가 눈을 크게 뜨며 밀렸다.

마치 바위와 부딪친 듯한 느낌이었다.

뒤이어 가야가 태클을 하려 했지만, 라이언이 공을 길게 치고 달리며 놓치고 말았다.

―두 명을 따돌린 라이언!

―그대로 페널티에어리어 근처까지 진입합니다!

다행스럽게도 발렌시아의 수비들이 늦지 않게 페널티에어리어로 복귀한 상황.

아무리 인간 전차라도 이런 상황을 돌파하는 건 쉽지 않을 것이다.

그런 녀석들을 보며.

라이언이 슈팅 자세를 취했다.

전설 속의 거인이 슈팅을 하면 이렇겠다 싶을 모습이었다.

―라이어어언!

콰앙!

그야말로 대포알 같은 슈팅이 골문을 향해 쏘아졌다.

"으아아아!"

맞으면 죽는 게 아닐까 싶었지만, 하우메 도메네크는 이미 본능적으로 몸을 던지는 중이었다.

공을 잡는 대신, 바깥쪽으로 펀칭하기 위해 그가 주먹을 꽉

쥐었다.

쿵!

손에 맞은 슈팅이 골대에 부딪치자, 마치 지진이라도 일어난 것처럼 골대가 떨렸다.

—하우메 도메네크의 아주 좋은 선방!

—아직 공이 살아 있어요! 아, 제임스가! 제임스가 슛을 합니다!

언제 그쪽으로 갔는지.

망연자실한 하우메 도메네크를 보며 사악하게 웃은 제임스가 톡 하고 공을 띄웠다.

다른 선수들이 점프를 하며 헤딩으로 걷어내려 했지만 닿지 않았고, 기어이 포물선을 그러고선 골 망을 출렁인 환상적인 로빙슛이었다.

—고오오올! 골입니다 골! 스코어는 2 : 1! 역전에 성공하는 첼시입니다!

—어떡해! 이 경기, 너무 재미있어!

—하하하!

중계진이 흥분에 떨며 소리칠 정도로 환상적인 역습이었다. 그러는 사이 방금 있었던 골 장면이 다시 한번 재생되었다.

언제부터 제임스가 거기에 있었는지 알지 못했던 중계진들은 그의 움직임을 파악하고선 감탄을 터뜨렸다.

―아! 여기서부터 빠지기 시작했군요!

라이언이 중거리 슈팅을 때리려 하자, 슬금슬금 수비들을 제치고선 다른 곳으로 빠진 것이다.

수비수들은 당장 쏘아지는 슈팅에 집중하는 중이었고, 제임스는 여유롭게 세컨드 볼을 받기 위해 움직였다.

―아무리 그렇다고 해도 엄청난 위치 선정이었습니다.

―네. 골키퍼가 펀칭을 한 것도 그렇지만, 골대를 맞고 튕긴 것까지 계산한 걸까요? 우연이라 해도 정말 굉장한 예측력이군요.

제임스! 제임스! 제임스!

첼시 팬들이 제임스의 이름을 연호했다.

자신을 부르는 목소리를 느끼려는 것처럼, 녀석이 두 팔을 넓게 벌리고 눈을 감았다.

와아아아!

그 셀레브레이션에 관중들은 더욱 소리를 높였다. 팬들을 조련하는 방법을 아는 녀석이었다.

두 개의 발롱도르.

원지석이 떠난 이후.

제임스가 세계 최정상에 올랐던 횟수였다.

"빠앙."

엄지와 검지를 곧게 편, 총을 쏘는 제스처.

그 총구가 겨눈 방향에는 원지석이 있었다.

"새끼가."

검지를 후욱 부는 제임스를 보며 원지석이 사납게 웃었다.
그와 동시에 전반전을 끝내는 휘슬 소리가 울렸다.

현재 스코어는 1 : 2.

발렌시아로서는 반전이 필요한 상황이었다.

                    *   *   *

전반전이 종료되고.

잠깐의 휴식이 주어진 하프타임이었다.

"후우."

라커 룸에 돌아온 발렌시아 선수들이 천천히 숨을 고르며
눈을 감았다.

모든 것을 쏟아부었던 전반전이었다. 마치 후반전을 뛰고 온
것처럼 힘이 빠졌다.

"체력적으로 힘든 건 첼시도 마찬가지일 거야."

케빈의 말에 원지석이 고개를 끄덕였다.

첼시 역시 확실한 우위를 점하기 위해 어마어마한 거리를 뛰
었다.

특히 척추를 지탱하는 캉테와 킴은 미친 활동량을 보이며 중원을 끊임없이 압박했다.

'연장까지 가기보단, 후반전에 끝내야 한다.'

원지석이 가장 경계하는 녀석은 킴이었다.

연장전에서도 막 교체되어 들어온 것처럼 그라운드를 누비는 녀석이었으니까.

체력 싸움으로 간다면 불리한 건 발렌시아인 만큼, 최대한 빠르게 승부를 봐야 한다.

"힘든 싸움이 될 거다."

자신을 바라보는 선수들에게 원지석이 경고했다. 이제부터는 작은 실수가 치명적으로 되돌아올 것이다.

"최소 한 골을 넣어야 되고, 가능하면 두 골을 넣고 끝낸다."

즉, 두 골을 넣으라는 소리였다.

어려운 요구에 선수들이 헛웃음을 지었지만, 부정적인 감정은 느껴지지 않았다.

원지석이 선수들을 믿는 것처럼.

그들 역시.

눈앞의 감독과 함께라면 어떤 일이든지 일으킬 수 있다고 믿었다.

"반전을 만들어보자고."

*   *   *

잠깐의 휴식 이후 슬슬 후반전을 준비할 때였다.

텅 빈 그라운드를 비추던 중계 카메라가 VIP룸을 잡았다.

─아름다운 여성분과, 귀여운 아이가 보이는군요. 원 감독의
부인과 딸이죠?

─네. 그 옆에는 요크 부부가 있네요.

커다란 화면에 자신의 모습이 잡히자, 눈을 크게 뜬 캐서린
이 미소를 지으며 손을 들었다.

그녀의 품에 안긴 엘리도 엄마를 따라 손을 흔들자 관중들
은 훈훈한 미소를 지었고, 요크 부부는 사진을 찍는 걸 멈추지
않았다.

─가족들이 다 함께 경기장을 찾았군요.

캐서린에게는 남편과 동생의 경기이고, 요크 부부에게는 아
들의 경기였다.

축구를 잘 모르는 엘리에겐 그저 아빠와 삼촌이 스포트라이
트를 받는 이 상황이 신기했을 뿐이고.

─말은 들었지만, 알렉스 씨가 저러는 걸 보니 조금 신기하긴
하네요.

─하하, 테일러 씨와는 달리 SNS도 잘 하지 않는 분이니까요.

방송에선 항상 지적이고 무거운 모습을 보이던 알렉스가 사실은 손녀 바보라는 말은 유명했지만, 막상 그 모습을 접하니 영 적응이 되지 않았던 것이다.

"저기 엘리, 아빠랑 삼촌 중에 누가 이겼으면 좋겠어?"

"웅, 아빠!"

경기 전에 슬쩍 누구를 응원할지 물었더니, 방긋 웃으며 아빠를 응원한다는 딸의 말에 캐서린이 못 참겠다는 듯이 얼굴을 비볐다.

─아, 양 팀의 선수들이 터널을 지나며 입장합니다.

─현재 스코어는 1 : 2로 발렌시아가 뒤지고 있는 상황. 과연 경기를 뒤집을 수 있을지.

그러는 사이 양 팀의 선수들이 다시 그라운드로 돌아왔다.

이번에 카메라가 잡은 선수는 제임스였다.

─발롱도르 위너가 모습을 보이는군요.

─이번 시즌에도 발롱도르를 들 거라 기대를 모으고 있죠?

발롱도르.

유럽 최고의 플레이어에게 주어진다는, 선수 개인으로선 가장 영광스러운 트로피.

잉글랜드인으로서는 마이클 오언 이후 매우 오랜만에 나온 발롱도르 위너였기에, 제임스는 단순히 첼시만이 아니라 국민적인 스타가 되었다고 해도 과언이 아니다.

"축구 혼자 하냐."

터널 앞에 선 원지석이 선수들 한 명 한 명과 하이 파이브를 하며 입을 열었다.

마치 전쟁을 앞둔 병사를 위로하듯 말이다.

"한 명의 슈퍼 플레이어보다, 하나의 팀이 강한 거야."

마지막으로 주장 완장을 찬 가야와 하이 파이브를 한 원지석이 벤치를 향해 걸었다.

삐이익!

경기가 다시 시작되었고.

발렌시아는 역전을 위해 움직였다.

"앤디! 이쪽으로!"

첼시의 전술은 전반전과 크게 다른 점이 없었다. 캉테와 킴이 넓은 활동량을 가져가고, 앤디를 중심으로 자유롭게 공격을 풀어간다.

간단하지만 그만큼 무서운 전술이었다.

'무섭지만 결국 그대로지.'

원지석의 날카로운 시선이 그라운드를 훑었다. 결국 그가 만든 뼈대에서 크게 변하지 않은 첼시였다.

그게 마치 과거와 싸우는 것 같아서.

퍽 재미있는 순간이었다.

—볼을 차단하는 데 성공하는 콘도그비아! 솔레르와의 좋은 호흡이었습니다!

　—하프타임 동안 아주 단단히 대비를 했군요!

　발렌시아는 전체적으로 타이트한 압박을 하며 첼시를 괴롭혔다.

　첼시를, 런던을 떠난 그가.

　분데스리가를 경험하며 녹인 정수.

　"지시받은 대로만 해!"

　감독의 손짓에 따라 선수들이 움직였다.

　간결하면서도 정확한 패스플레이가 유려하게 이어졌고, 그들은 하나의 유기체처럼 전진했다.

　—마치 전성기 바르셀로나를 떠올리게 하는 팀플레이입니다!

　—자신들의 플레이를 거리낌 없이 보여주네요!

　지금까지 라리가에서 항상 해오던 것이기에 어려울 건 없었다.

　전반전과는 달리 꽤나 공격적인 모습에 당황한 첼시는 다른 선수들까지 수비에 가담하는 모습을 보였다.

　"다 들어와! 어차피 우리가 이기고 있으니까 급할 필요는 없어!"

팀의 주장인 아스필리쿠에타가 소리쳤다.

이기고 있는 상황에 무리를 하면서까지 굳이 공격을 할 필요는 없다.

결국 앤디와 게데스가 수비에 가담했지만, 두 명의 선수는 여전히 하프라인 근처에 머물렀다.

제임스와 아자르였다.

그들은 역습을 위해 발렌시아 수비 앞에 섰고, 이를 의심하는 사람은 없었다.

왜?

제임스야 워낙 게으른 녀석인 데다, 아자르 역시 신체적인 기량 이전부터 수비적인 부담을 짊어지지 않았기 때문이다.

─최전방에 두 명을 남겨두곤 모두 수비에 가담한 첼시!
─앤디가 아자르의 빈자리를 커버하네요!

원지석이 트레블을 할 때부터 그것은 의심할 여지 없는 전술이었으며.

다른 감독들이 손을 대려다 실패하고 경질을 당하자, 하나의 정석처럼 여겨졌다.

─앤디가 오기 전에 공을 넘기는 솔레르!
─공을 받은 푀니에가 오른쪽 측면을 빠르게 침투합니다!

이는 원지석이 승리에 대한 확신을 가지게 만든 점이기도 했다.

독일에서도.

스페인에서도.

그의 가장 큰 천적은 오르텐시오가 아닌, 과거였으니까.

"뫼니에! 지금!"

감독의 신호와 함께.

뫼니에가 측면 끝에서 크로스를 올렸다.

쾅!

꽤 강력한 힘이 실렸기에 그대로 나갈 것처럼 보였지만.

디발라가 발을 쓱 가져가는 순간, 놀라운 마법이 펼쳐졌다.

크게 바운드될 거라 예상했던 공을 발바닥으로 잡아둔 것이다.

─디발라! 발렌시아의 판타지 스타가 놀라운 터치를 보여줍니다!

─그대로 돌파를 하는군요!

코너킥 깃발 근처에서 공을 갈무리하자 곧바로 아스필리쿠에타의 압박이 들어왔다.

'여기서 어떻게든 돌파하라 이거지.'

등 뒤에서 느껴지는 압박에 이를 악물던 중, 그의 눈에 코너킥 깃발이 보였다.

이거라면.

눈을 빛낸 디발라가 도리어 라인 밖으로 공을 밀어냈다. 몸을 돌리며 아스필리쿠에타에게서 벗어난 것도 동시였다.

―아! 공이 코너킥 깃발을 맞고 다시 안쪽으로 튕깁니다!
―하하! 이거 제임스 선수가 자주하던 거 아닌가요?

코너킥 깃발을 이용해 탈압박을 하는 스킬.

제임스의 전매특허나 다름없는 기술이, 그들의 눈앞에서 펼쳐진 것이다.

아스필리쿠에타가 뒤따라가기 위해 몸을 돌렸을 땐, 디발라는 이미 페널티에어리어를 침범하는 중이었다.

―직접 돌파하나요?
―계속해서 드리블을 하는 디발라!

곧 산티 미나와 바르보사가 수비 사이로 움직이며 압박을 분산시켰고.

디발라의 선택은 한 번 더 속력을 올리는 거였다.

결국 크리스텐센이 산티 미나를 놔두고선 직접적인 압박에 들어갔음에도, 디발라는 침착하게 슈팅을 날렸다.

―디발라의 슈우웃!

—고오올! 날카로운 슈팅이 골 망을 흔듭니다! 또다시 골을 터뜨린 파울로 디발라!

—후반 23분, 스코어는 2 : 2! 동점이군요!

각이 없었지만 정확하게 골문 아래쪽 사각을 노린 슈팅이었다.

카메라가 제임스를 잡았다.

하프라인에서 팀의 실점을 지켜보던 녀석이 얼굴을 구기며 혀를 찼다.

"내 말을 잊었다면."

원지석이 그 모습을 보며 미소를 지었다.

확실히 녀석은 세계 최고의 선수다.

그걸 부정할 생각은 없다.

하지만 팀에 도움이 되지 못한다면, 결국 있으나 마나인 발롱도르였다.

"다시 기억나게 해주지."

녀석에게 다시 새겨주는 가르침이었다.

발렌시아는 수비 때엔 예술적인 압박을 보여주었고, 공격을 전개할 때는 빠르고 정확한 패스를 이어가며 첼시를 흔들었다.

—슈팅을 막아내는 라이언!

—캉테가 드리블을 하며 공을 운반합니다!

물론 첼시도 쉽게 흔들리지 않았다.

두 명의 공격수가 수비에 가담하지 않는다고 무너지기엔, 다른 선수들의 퀄리티가 워낙 좋았으니까.

ー첼시가 선수교체를 알리네요.
ー아무래도 장기전을 예상하는 거 같죠?

결국 첼시는 체력 싸움에 들어갈 것을 예고했다.

콘도그비아, 뫼니에, 토비처럼 서른이 넘는 선수들은 지친 모습이 역력한 상황.

연장전까지 간다면 집중력이 크게 떨어질 터였다.

더군다나 디발라 역시 체력적인 약점이 있기에 오래 끌어서 좋을 게 없었다.

"승부를 낸다."

원지석이 칼을 뽑았다.

그 역시 교체 카드를 꺼냈으며.

꽤나 공격적인 교체였다.

ー발렌시아도 선수교체를 알리는군요.
ー두 명의 선수가 들어갈 준비를 합니다.

오른쪽 풀백인 뫼니에가 빠지고 윙어인 페란 토레스가, 수비형미드필더인 콘도그비아가 빠지고선 공격수인 레반도프스키까지.

"숨통을 끊어버려."

원지석의 말에.

목을 풀던 레반도프스키가 씨익 웃었다.

시간은 후반 40분.

발렌시아는 뒤를 보지 않는 것처럼 라인을 올리며 공격을 퍼부었다.

사실 그 말이 맞았다.

그들은 여기서 경기를 끝내야만 했고.

반대로 첼시는 연장전에서 두고 보자는 듯 소극적인 경기를 하며 역습을 노렸다.

이런 때는 확실히 수비 라인에 걸친 아자르와 제임스의 존재가 매우 무서웠다. 공격을 퍼붓다가도 도리어 그들의 역습에 골을 먹힐 뻔했으니까.

후반 44분.

추가시간으로는 3분이 주어졌다.

"하아, 하아!"

이를 악물고 뛰었던 디발라도 매우 지친 상황이었다.

예전부터 전반전과 후반전의 퍼포먼스가 다르다는 지적을 받았던 그에게, 오히려 지금까지의 모습은 한계를 넘었을 정도였으나.

이제는 움직임이 눈에 띄게 둔해진 것이다.

―발렌시아가 결국 마지막 교체 카드를 쓰는군요.

―들어오는 선수는, 파레호입니다!

결국 디발라를 대신해 중앙미드필더이자 팀의 주장인 파레호가 들어가게 되었다.

기진맥진한 모습으로 나오는 디발라를 향해 발렌시아 팬들이 일어나 박수를 쳤다. 오늘 두 골을 넣으며 팀의 공격을 이끈 선수에게 보내는 찬사였다.

"다니!"

"아니, 됐어."

가야는 자신이 차고 있던 주장 완장을 벗으려 했으나, 파레호가 고개를 저었다.

"이제부턴 네가 주장이야."

많은 것을 의미하는 말에 입을 꾹 다문 가야가 고개를 끄덕였다.

시간은 이미 후반 45분이 지나고.

추가시간도 1분만 남은 상황.

삐이익!

발렌시아는 마지막 찬스일 확률이 높은 프리킥을 얻어냈다.

―바로 공을 연결하는 세바요스!

―파레호가 패스를 줄 곳을 찾습니다!

급한 상황이었기에 곧바로 공을 연결했고, 패스를 받은 사람은 파레호였다.

그가 주변을 둘러보았다.

많은 선수들이 공을 받을 준비를 하고 있었다.

측면에서 활발하게 움직이는 토레스와, 수비 라인을 탈 준비를 하는 바르보사, 그리고 센터백 근처를 어슬렁거리는 레반도프스키까지.

─시간이 얼마 남지 않았습니다!
─패스를 주나요? 주나요?!

그때 수비 사이를 돌파하려던 레반도프스키가 공이 오지 않자 멈칫하며 몸을 돌렸다.

단순히 호흡이 맞지 않았구나, 싶은 상황에서.

그는 다시 오프사이드 안쪽으로 돌아와 센터백의 앞에 섰다.

파레호의 패스가 정확하게 도착한 것도 그때였다.

─파레호의 패스가 정확하게 레반도프스키에게!
─레반도프스키! 레반도프스키이이이!

아웃프런트로 공을 툭 흘리고선, 그대로 몸을 돌리며 크리스텐센을 지나친다. 골문 정중앙을 향해 돌파한 것이다.

크리스텐센 역시 지쳐 있었기에 반응이 살짝 느렸고, 뒤늦게 슈팅이라도 방해하고자 손을 뻗었을 땐.

쾅!

인사이드로 감아 친 환상적인 슈팅이.

골키퍼 쿠르트아의 손을 지나 골라인을 넘었다.

* * *

―고, 고오오올! 골입니다! 골이에요!

―이럴 수가 있나요! 추가시간에 터진 발렌시아의 역전골! 레반도프스키가 기어코 경기를 뒤집는 데 성공합니다!

와아아아!

뉴 스탬포드 브릿지의 반은 침묵을, 나머지 반은 미친 듯이 소리를 질렀다.

동점골이 들어간 이후에도 계속해서 몰아치길래 설마설마했지만.

설마 정말로.

극적인 골을 넣을 줄 누가 예상했을까.

―관중들에게 달려가 무릎을 미끄러뜨리는 레반도프스키! 셀레브레이션마저 멋있습니다!

―시간이 얼마 남지 않은 상황! 발렌시아의 역사상 첫 빅이어

가 눈앞이군요!

골을 넣은 레반도프스키가 발렌시아 관중들이 있는 곳을 향해 그대로 슬라이딩을 했다.

레비! 레비! 레비!

자신의 애칭을 연호하는 그들을 보며 레반도프스키가 흐뭇한 미소를 지었다. 그 역시 선수 인생에서 가장 짜릿한 골 중 하나였다.

"레비!"

"으하하!"

멀리서 동료들의 소리가 들렸다.

허겁지겁 달려온 그들은 레반도프스키의 옆까지 미끄러지고 선 관중들에게 더욱 소리를 질러보라는 제스처를 취했다.

너무 과열된 건지.

몇 명이 관중석에서 뛰쳐나왔지만 말이다.

―아! 관중들이 그라운드에 난입합니다!
―하하! 안전 요원들이 필사적으로 따라가네요!

꽤나 빠른 다리를 가졌던 관중이었는지 안전 요원을 두어 번 따돌리고서야 소란이 종료되었다.

셀레브레이션이 끝나고, 다시 자리로 돌아간 선수들은 주심의 휘슬을 기다렸다.

추가시간은 모두 지난 상황.

결국 제임스가 한숨과 함께 공을 툭 건드렸고.

삐이익!

경기 종료를 알리는 휘슬이 길게 울렸다.

―경기가 끝났군요!

―이번 시즌의 유럽 챔피언은, 바로 발렌시아입니다!

발렌시아 선수들이 두 손을 번쩍 들었다.

몇 년 전까지 바라보기만 했던 챔피언스리그, 거기서도 그토록 염원하던 빅이어를 드는 데 성공한 것이다.

"꿈은 아니겠지? 아닐 거야. 이게 꿈이어선 안 돼."

"한 대 때려줄까요?"

"아오!"

싫다고 하기도 전에 등을 맞은 콘도그비아가 비명을 질렀다.

화끈했다.

꿈이 아니었다.

콘도그비아는 화끈거리는 부위를 만지면서도 웃음을 잃지 않았다.

"하아."

한숨을 쉰 앤디가 두 손으로 얼굴을 덮었다.

그와 마찬가지로, 홈에서 역전을 당한 첼시 선수들은 허탈한 얼굴로 고개를 저었다.

"그때처럼 울진 않는구나."

"감독님?"

등 뒤에서 들려온 목소리에 앤디가 고개를 들자, 그곳에는 원지석이 있었다.

마치 그 시절처럼.

앤디의 머리를 헝클며 원지석이 말했다.

"고생했구나."

"설마 이렇게 질 줄은 몰랐네요."

녀석이 쓴웃음을 머금었다.

눈물을 흘리기엔 그 역시 많은 경험을 쌓았으니까.

문득 원지석과 함께 했던 첫 번째 챔피언스리그 결승이 떠올랐다.

레알 마드리드에게 지며.

그라운드에서 처음으로 눈물을 흘렸던 그날.

"잘했어. 슬퍼할 필요는 하나도 없어. 너도, 나도, 우리 모두 잘한 거야."

그때와 같은 말을 남기고선 떠나는 원지석의 뒷모습을, 앤디는 멍하니 바라보았다.

이윽고 피식 웃음을 터뜨린 그가 고개를 저었다.

집에 돌아가는 대로, 어렸을 때의 영상을 다시 한번 볼 생각이었다.

"아깝네요."

킴이 코 밑을 쓱 훑었다.

경기가 끝나기 전까지 엄청난 거리를 뛰었음에도, 아직 체력적인 여유가 있는 걸 보니 무서울 정도였다. 레반도프스키의 골이 아니었다면 분명 굉장히 힘든 싸움이 기다리고 있었겠지.

"다른 녀석이 MOM을 받아도, 너도 그만큼 잘했어."

"졌는데 무슨 소용이 있겠어요."

한숨을 쉬는 킴을 보며 원지석이 웃었다.

소리 없는 영웅.

녀석의 활약을 표기하기에 좋은 말이었다.

하이 파이브와 함께 킴의 등을 두드려 준 그가 고개를 돌렸고, 이내 움찔하고 말았다.

"라이언은 졌다."

거인이 울먹거리고 있었기 때문이다.

오늘 경기 내내 보여준 박력을 생각하면 다른 사람처럼 보일 정도였다.

쓴웃음을 지은 원지석이 라이언의 어깨를 두드렸다.

"너는 또 왜 그러고 있냐."

"이기지 못했다!"

"다음 경기에서 이기면 되지."

"하지만 오늘은! 이기지 못했다!"

승부욕의 화신 같은 녀석이었으니, 그 잠깐을 버티지 못한 게 어지간히 분한 모양이었다.

쿵 하고 코를 먹은 녀석이 눈을 빛냈다.

눈시울이 붉어져서 그렇게 멋있지는 않았지만.

오히려 그게 라이언다운 느낌이었다.

"다음엔 반드시 이긴다!"

"너는 참, 좋은 의미로 한결같구나."

웃음을 터뜨린 원지석이 다시 걸음을 옮겼다.

그리고 얼마 가지 않아.

눈이 마주치자 히익 어깨를 움츠리는 제임스가 보였다.

"너."

"네, 네!"

"왜 그래, 누가 잡아먹는대?"

잡아먹는 걸로 끝나면 다행이지.

마음 깊숙한 곳에서 올라온 말을 삼키는 데 성공한 제임스였다. 기자회견에서 저지른 일이 있으니, 어떤 응징을 할지가 두려웠다.

다만 원지석은 별다른 화를 내지 않았다.

"쟤 보이지? 바르보사, 쟤하고 유니폼 교환을 해주면, 아무 말 안 할게."

"정말요?"

"그래. 엠마랑 한번 놀러 와. 엘리도 좋아할 테니까."

손끝으로 바르보사를 가리키며, 훈련장에서 했던 약속을 지킨 원지석은 다시 발걸음을 옮겼다.

이제 준비가 끝났는지.

발렌시아의 이름이 새겨진 빅이어가 마침내 모습을 드러냈다.

—첼시 선수들이 먼저 시상대에 오릅니다.

—두 열로 선 발렌시아 선수들이 박수를 보내는군요.

준우승 팀인 첼시를 위해 발렌시아가 길을 만들어주었다.

선수, 감독, 코치까지 모두 나와 그들에게 존경을 표했으며, 케빈처럼 얼굴을 아는 코치와는 가벼운 포옹을 나누기도 했다.

—아, 빅이어에서 눈을 떼지 못하는군요.

—지난 시즌에는 첼시의 이름이 새겨졌던 트로피였는데, 애써 시선을 돌리네요.

이윽고 모든 첼시 선수들이 내려가고.

마침내 발렌시아의 차례가 되었다.

한 명씩 올라온 그들은 빅이어를 보며 바보처럼 웃었고, 바르보사 같은 경우는 아예 입을 한 번 맞추고선 지나갔다.

"치사한 새끼."

"나도 감독님한테 부탁할걸."

동료들이 바르보사를 보며 투덜거렸다.

모두 제임스에게 유니폼 교환을 신청했다가 거절당한 녀석들이었다.

유니폼 교환에 성공한 바르보사는 지금 첼시 유니폼을 입고 있었으며, 등에는 제임스의 이름이 새겨졌다.

"넌 그래도 앤디랑 유니폼 바꿨잖아."

그런 웃음 섞인 말싸움이 이어졌고.

마침내 모든 선수들이 시상대에 올랐다.

"하나, 둘!"

한쪽에는 가야가, 한쪽에는 파레호가.

손잡이를 사이좋게 잡은 둘이 구호를 외치고, 이윽고 빅이어가 높이 들렸다.

와아아아!

사람들의 환호 속에서.

이번 시즌 유럽 챔피언을 상징하는 트로피가 빛났다.

"다음 나, 나!"

"기다려 좀!"

다른 녀석들의 아우성을 뿌리친 파레호가 빅이어를 들고 다가간 사람은, 감독인 원지석이었다.

"나?"

"네. 감독님이 없었으면 들지 못했을 트로피니까요."

그 말에 다른 녀석들도 동의한다는 듯 고개를 끄덕였다. 특히 훈련한 대로, 후반전에서 지시한 대로 경기가 들어맞는 걸 봤을 땐 소름이 돋을 정도였으니까.

"그럼 염치 불고하고."

멋쩍은 얼굴로 빅이어를 받아 들자.

뉴 스탬포드 브릿지에 있는 모든 관중들이 환호와 박수를 보냈다.

발렌시아 팬들만이 아니라, 첼시 팬들 역시 원지석에게 축하를 보낸 것이다.

"하나, 둘!"

"우승이다아아!"

원지석이 트로피를 높이 올리는 것과 동시에 선수들도 소리를 질렀다.

2024/25 시즌.

라리가와 챔피언스리그의 우승 팀은.

발렌시아였다.

*　　　　　*　　　　　*

「[마르카] 퇴물 집합소에서 유럽 챔피언까지!」

「[스포르트] 마침내 유럽 정상에 오른 박쥐 군단!」

사람들의 예상을 깨고, 유럽 챔피언이란 왕좌엔 발렌시아가 앉게 되었다.

어찌 보면 놀라운 일이었다.

원지석은 새로운 선수를 데려올 때마다 실패를 맛보거나 늙어버린 퇴물들만 사 온다며 조롱을 들었지만, 그런 못 써먹을 선수들이 결국 일을 낸 것이다.

"재활용품을 다이아몬드로 만든 기적이었다."

누군가는 이번 시즌을 연금술보다 더 말이 안 되는 일이라고 평가했다.

나중에는 또 모르지만.

라이프치히를 떠나면서 살짝살짝 들리던, 이른바 선수발 감독이라는 비난도 당분간은 보이지 않을 테고.

「[수페르 데포르테] 구단 역사상 첫 빅이어를 들다!」

한편 발렌시아 팬들은 아직까지 숙취에서 깨어나지 못한 상황이었다.

중간중간 찾아온 전성기에도 결국 들지 못했던 빅이어, 그 꿈만 같은 트로피를 마침내 들어 올렸으니, 현재 발렌시아는 축제 분위기였다.

하지만 술이 깨면서 그들은 곧 슬픔에 빠지게 되었다.

원지석.

새로운 전성기를 열게 해준 감독이.

마지막으로 빅이어를 선물하고선 떠나게 되었으니까.

"제가 떠난다고 무너지지 않을 거예요. 이 팀은 무엇이든지 할 수 있는 잠재력이 있고, 그것을 함께할 팬들이 있죠. 여러분과 함께해서 정말 행복했습니다."

떠나는 원지석은 팬들에게 작별 인사를 남겼다.

기자들과의 인터뷰를 마무리한 그는 자신을 물끄러미 바라보는 선수들을 보았다.

"왜 그래? 누가 보면 우리가 진 줄 알겠다."

우승 퍼레이드를 할 때만 하더라도 그렇게 신나 하더니, 갑자기 분위기가 가라앉으면 난감해지지 않는가.

그중에는 울먹거리는 녀석도 있었다.

바르보사였다.

다시 도전한 유럽 무대에서.

초반에 혹독한 부진을 겪으면서도 자신을 믿으며 적응하도록 도와준 감독이 아니었다면, 지금의 그는 여기 있지 못했을 터다.

"맞다, 너희 그거 기억나냐."

원지석은 부임 초기에 있었던 일을 떠올렸다.

이적 요청을 한 녀석들만 모아두고, 팀에 남아달라며 부탁을 했던 일을.

"어때. 지금도 팀에 남은 걸 후회해?"

그 물음에 선수들은 고개를 저었다.

후회하지 않는다. 절대로.

오히려 그때 팀에 남은 건 행운에 가까웠다.

"그래, 그거면 된 거야."

만족스럽게 웃은 원지석이 마지막 인사를 건넸다.

"잘 있어라."

"잘 가요."

이렇게 해서.

또 하나의 도전이 끝을 맺었다.

＊　　　　＊　　　　＊

런던에 도착한 원지석은 택시를 탔다.

창밖으로 스쳐 지나가는 건물들을 보며.

그는 보드진과 마지막으로 가진 자리를 떠올리고선 쓴웃음을 지었다.

구단주인 피터 림이 언제라도 돌아와 달라는 부탁을 계속해서 했으니까. 어찌 보면 떼를 쓰는 것에 가까웠다.

'그쪽으로는 선약이 있거든요.'

원지석은 그 말을 남겼을 뿐이었다.

'많은 게 변했구나.'

그는 지금까지의 여정을 되돌아보았다.

어린 감독대행에서.

이제는 세계에서 가장 유명한 감독 중 하나가 되었다.

생각은 꼬리를 물었으며 얼마 전에 있었던 챔피언스리그 결승전까지 뻗었다. 정확히는 뉴 스탬포드 브릿지를 가득 채웠던 관중들을.

동시에 막 감독대행이 되었던 때가 떠올랐다.

당시 급하게 지휘봉을 잡았던 원지석은, 아무도 없는 텅 빈 경기장을 배경으로 사진을 찍었다.

'은퇴할 때는.'

그때는 사람들의 환호를 받을까, 아니면 야유를 받을까.

어쩌면 무관심 속에서 쓸쓸히 사라지는 건 아닐까.

부르르.

상념에 빠지던 차에 주머니에서 진동이 울리자 퍼뜩 정신을 차렸다.

화면을 확인하니.

그의 에이전트인 한채희에게서 온 전화였다.

―우승 축하해요.

"고마워요."

―질질 끄는 신변잡기는 싫어하시니 본론부터 꺼낼게요. 재미있는 제안이 왔어요.

그 말에 고개를 갸웃거린 원지석은.

이내 그녀의 설명을 듣고선 피식 웃었다.

"재미있네요."

전화를 끊은 것과 목적지에 도착한 것도 동시였다.

택시에서 내린 그는 계속해서 걸었다.

해답.

과연 자신은 성장했는가.

원지석은 이번 챔피언스리그 결승전을 통해 그 비슷한 답을 얻었다.

그는 그때보다 나아졌지만.

그게 끝은 아닐 거라 생각했다.

이제부터 어떤 답을 찾을지는, 원지석 본인에게 달렸으니까.

"흠흠."

헛기침과 함께.

문 앞에 선 그가 초인종을 눌렀다.

"아빠다아아!"

"엘리!"

벌컥 문을 열고선 자신에게 달려오는 딸아이를 안아 들고, 다가오는 캐서린을 발견한 원지석이 미소를 지었다.

그녀는 조용히.

원지석에게 입을 맞추며 속삭였다.

"집에 돌아온 걸 환영해요."

「[오피셜] 원지석, 첼시 복귀!」

흥미로운 이야기가 본격적으로 시작된 것은, 그리 머지않아서였다.

56 ROUND
10년 뒤

「나는 제임스다」

　잉글랜드에선, 아니, 세계 축구 팬들에겐 꽤나 화제가 되었던 책의 이름이었다.

　다름 아닌.

　제임스 파커의 자서전이었으니까.

　은퇴했다지만 여전히 국민적인 스타이며.

　동시에 전설적인 선수이기도 한 그는 숱한 화제를 만들던 이슈 메이커이기도 했다.

「[BBC] 제임스, 선수 인생을 담은 책이다」

그런 이야기들의 속사정을 궁금해하던 사람들은 적지 않은 호기심을 가졌고, 책은 나오자마자 베스트셀러에 선정될 정도였다.

마침내 뚜껑이 열리며.

기대 이상으로 파격적인 내용에 사람들은 경악하고, 또 환호했다.

「[BBC] 나는 제임스다, 다큐멘터리 제작 확정!」

그 화제에 힘입어 영상화가 결정되었다. 내용은 자서전을 토대로 만들어지며, 당연하지만 주인공인 제임스가 직접 참가할 예정이었다.

"나는 발롱도르 위너다."

연습 삼아 내레이션을 깔아본 제임스가 피식 웃었다.

＊　　　＊　　　＊

나는 발롱도르 위너다.

첫 줄부터 이게 무슨 소리인가 싶겠지만, 사실이잖아?

지금도 구석에 마련된 진열장에는 네 개의 발롱도르가 놓여 있으니까.

네 개.

그래. 무려 네 개라고.

프랑크 리베리처럼 텅 빈 진열장도 아닌 데다, 세 개를 받았을 때 준비했지.

누군가는 겨우 네 개뿐이냐고 하겠지만, 다섯 개 이상을 받은 호날두와 메시가 이상한 거야. 걔들 때문에 내 업적이 바래졌잖아!

이야기가 잠깐 샜는데.

그래서 왜 발롱도르를 들먹였냐면.

그만큼 남부럽지 않은 행복한 삶을 살고 있다는 거지.

물론 처음부터 그런 건 아니었어.

내 어릴 때 이야기를 조금 해줄게. 평범했어. 조금 더 솔직하자면 재수가 없었고.

집안도 그럭저럭 살았지.

금수저인 앤디처럼 부유하지도, 킴처럼 너무 가난하지도 않게 그냥저냥 괜찮았으니까.

돌이켜 보면 항상 지루했던 거 같아. 뭘 하든 그게 오래가지 못했고, 머리가 좀 커지고선 부모님에게 소리도 많이 질렀지.

그러면 안 됐는데.

"제임스! 형제!"

그런 소리나 지껄이는 양아치들과 어울리면서 말초적인 쾌락을 좇던 때에, 나는 새로운 빛을 발견해.

우연히 길거리에서 마주친 여자에게서.

눈을 떼지 못했어.

"와."

"뭐 해? 안 갈 거야?"

"먼저 가."

당시에는 뭐에 홀린 것처럼 그 사람을 불렀지. 지금도 그렇지만 당시에도 엄청나게 매력적이었거든.

그래.

제시와의 첫 만남이었어.

"꺼져, 양아치 새끼야."

와오, 심하지?

어설프게 작업을 걸었다가 비웃음만 당한 건 별로 기억하고 싶지 않지만.

다음에 그녀를 찾아갈 때는 좀 더 말쑥한 모습으로 찾아갔고, 형제라 부르던 양아치들보다 그녀를 더 소중하게 생각했을 쯤엔 결국 사랑을 이루었어.

그러다 다시 한번.

인생의 변환점이 찾아와.

"어떻게 얻은 기회였는데!"

리오 스털링이라고.

어릴 때부터 같이 공 차면서 놀던 놈이었는데, 공을 다룰 줄 아는 녀석이었지. 뭐, 그래 봐야 나에 비해선 한참 못 미쳤지만.

"왜 그래?"

"중요한 테스트가 있는데, 몸살 때문에 꼼짝도 못 하겠어! 다

끝났다고!"

나중에야 알았지만 그건 첼시의 유소년 테스트였고.

리오는 2차 테스트를 앞두고서 몸살을 앓은 상황이었어.

아프다고 해서 놀려주려 왔더니, 생각보다 더 크게 좌절하는 모습에 입을 연 게 시작이었지.

"그렇다면."

심심해서 던진 그 말이.

인생을 바꾼 거야.

"내가 가볼까?"

*   *   *

"정말 이랬나요?"

다큐멘터리를 만드는 세트장이었다.

기본적인 진행은 성우의 내레이션으로 따고.

사람들이 궁금해할 부분을 PD가 질문으로 묻는 식으로 진행되었다.

어두운 배경에 의자 하나만을 놓은 곳에서, 제임스는 고개를 끄덕였다.

"뭐, 그렇죠. 이제는 추억이네요."

"그리고 이 리오가 당신의 에이전트인 그 리오 스털링이 맞나요?"

"네. 그것도 맞아요."

고개를 끄덕이는 제임스를 보며 PD가 혀를 내둘렀다. 둘이 어릴 때부터 친구라는 사실은 알았지만, 이런 비화가 있을 줄은 자서전을 보면서도 정말인가 싶었으니까.

"이후로는 여러분들이 아시는 대로죠. 워낙 기사로도 많이 떠들었으니까요."

제임스는 이때를 변환점이라 표현했다.

그래.

그 말보다 어울리는 표현은 없을 것이다.

심심해서 찾아가 본 입단 테스트에 원지석이 있을 줄은, 그리고 그 뒤로 1년이란 시간이 지났음에도 자신의 얼굴을 잊지 않았을 줄은.

그게 무엇을 의미하는지.

당시에는 예상하지 못했다.

"만약 입단 테스트를 치르고 1년 뒤, 거기에 제시가 없었다면? 나는 축구화를 신지 않았겠죠."

돌이켜 보면 여러모로 신기한 일이었다.

그렇기에 자서전을 낼 때도 거짓말을 하는 게 아니냐는 의심을 받아야 했고.

고개를 끄덕인 PD가 다음 질문을 꺼냈다.

"그렇게 원 감독을 만나고, 당신은 수많은 트로피를 들었습니다. 단순히 은사 수준이 아니라, 은인이라고까지 표현했는데요?"

이 자서전에서 추켜세워진 사람은 단 한 명뿐이었다.

원지석.

첼시로 돌아와.

수많은 트로피를 들어 올린 전설적인 감독.

비록 이번 시즌을 마지막으로 다시 한번 첼시를 떠나지만, 그 기간 동안 첼시는 압도적인 퍼포먼스를 보여주며 유럽을 호령했다.

"네. 참 고마운 분이죠."

제임스는 순순히 고개를 끄덕였다.

굳이 변명할 이유가 있을까.

원지석은 은인이었다.

"사실 그때까지만 하더라도 축구엔 별다른 흥미가 없었어요. 그저 제시에게 잘 보이기 위해 충동적으로 축구화를 신었으니까요."

그렇게 말한 그가 쓴웃음을 지었다.

빨리 데뷔를 하고 싶다는 조급한 마음에 원지석에게 떼를 쓴 기억이 떠오른 것이다.

어릴 때부터 한결같았던 제임스였다.

"많은 게 바뀌었어요."

열정이 없던 사람은 바뀌었다.

본인 스스로도 이렇게 변할 줄은 상상하지 못했을 정도로.

여기엔 원지석의 지속적인 관리가 컸다.

"처음부터 그렇게 생각한 건 아닙니다. 선수 생활 초기, 당신들도 신나게 떠들었으니 알겠지만 끔찍한 일이 있었죠."

오해가 풀렸던 지금은 다르지만.

당시만 하더라도 굉장히 큰 파장을 일으켰던 폭력 스캔들을 말하는 거였다.

당시 큰 주목을 받던 감독과 유망주들이.

술집에서 사람들을 폭행했다는 스캔들은 잉글랜드를 떠들썩하게 만들었으니까.

"아무도 우리 이야길 들어주지 않았죠. 하지만 분명한 건, 가장 힘들었을 사람은 감독님이었어요."

시끄러운 일이 터지는 와중에도 원지석은 아무 일 없다는 듯 팀을 이끌었다.

감독을 다시 보게 된 계기가 그거였다.

양아치들에게 두들겨 맞고 죽을 뻔한 자신을 꺼내 온 것부터, 마지막까지 자신을 포기하지 않는데 어찌 변하지 않을 수 있을까.

"지금이야 이런 다큐멘터리 소재가 되었지만, 정말 끔찍했습니다. 인생 최악의 경험이었어요."

충분한 분량을 뽑아낸 PD가 고개를 끄덕이고선 다음 질문을 뒤적였다.

"따님분이 아팠을 때의 일입니다만, 그에 대한 속사정은 자서전에서 처음 밝히셨죠."

챔피언스리그 8강을 준비할 때였다.

당시 젖도 떼지 못했던 딸아이, 엠마가 갑작스레 울음을 그치지 않으며 부모의 심장을 철렁이게 했던 일이 있었다.

"그런 일도 있었죠. 솔직히 말해서 저는 경기를 뛸 준비를 하고 있었어요."

프로니까요.

그렇게 중얼거린 제임스가 쓴웃음을 지었다.

누명이라는 게 입증되었어도, 폭행 스캔들이라는 껄끄러운 전례가 있는 상황이었다.

눈칫밥을 먹긴 싫었기에 아이는 제시에게 맡기고 경기를 준비하려 할 때.

원지석에게서 문자가 왔다.

"그때 감독님이 뭐라고 하셨는지 아십니까?"

[내가 책임질 테니까, 쉬어.]

지금 생각해 봐도 사람의 가슴을 울렸던 메시지다.

그때부터였다.

원지석의 말이라면 무엇이든지 따를 준비가 된 것은.

그런 감독과 함께 제임스는 수많은 트로피를 거머쥐었으며, 사람들은 이때를 가리켜 원지석 1기라고 불렀다.

대망의 트레블 이후.

그가 스탬포드 브릿지를 떠난 것은 슬픈 일이었다.

"하지만 원 감독이 다시 돌아오고 나선 욕을 했잖아요?"

"내가 그랬나? 하하."

PD의 말에 몸을 움찔거린 제임스가 괜히 딴청을 피웠다.

첼시와 발렌시아의 챔피언스리그 결승전이 끝나고.

원지석이 다시 첼시에 돌아왔을 때였다.

그는 풀어진 제임스를 담금질하길 원했고, 이미 머리가 굵어진 녀석은 거부감을 드러냈다.

그리고 다음은.

'어휴.'

그때의 일을 다시 생각하는 것만으로 어깨를 부르르 떤 제임스가 고개를 저었다.

한 번의 욕설.

아니, 말실수가 가져온 결과는 끔찍했다.

오히려 감독인 원지석은 별말을 하지 않았지만 주변 사람들의 반응이 매우 싸늘했던 것이다.

팬들도, 동료들도 그렇고, 집에서도 마찬가지였다.

언제 정신 차릴 거냐는 제시의 잔소리보다 더욱 아팠던 것은 한심하다는 듯 자신을 바라보는 딸아이의 시선이었다.

그렇게 수습이 된 뒤에야.

원지석의 첼시 2기는 본격적으로 시작되었다.

"푸른 제국이라, 누가 지었는지 몰라도 참."

누군가는 리버풀의 전성기를 열었던 빌 샹클리의 붉은 제국에 빗대어, 푸른 제국이란 별명을 붙이기도 했다.

그 정도로 엄청난 퍼포먼스였다.

전성기를 맞이한 원지석의 아이들과, 많은 경험을 쌓고 돌아온 원지석의 시너지.

그들은 수많은 트로피를 들어 올렸으며.

잉글랜드만이 아니라 유럽에서도 최고의 팀으로 꼽혔다.

"그때 일화를 하나 말해줄까요? 첼시가 한 점 앞서면서 전반전이 끝났는데, 우리는 우리 나름대로 만족스러웠거든요."

이 정도면 쉽게 이기겠는데?

그런 생각을 하며 라커 룸에 들어갔을 땐.

'적어도 세 골은 더 넣었어야지!'

불같은 호령이 떨어지고 말았다.

순간적인 자만을 귀신같이 눈치채고선, 라커 룸에 폭풍이 분 것이다.

'쪽팔린 줄 알아, 새끼들아!'

성격 다 죽었다고 누가 헛소문을 퍼뜨린 건지. 확실히 처음과 비교해 화를 잘 내진 않았지만, 가끔씩 부는 폭풍은 옛날보다 더 무섭게 느껴질 정도였다.

"이제는 모두 예전 일이지만."

그가 아련한 눈으로 더 멀리를 바라보았다.

제임스, 앤디, 킴, 라이언.

원지석의 아이들이라 불리던 선수들은 모두 팀을 떠나거나 은퇴를 했다.

가끔은.

아니.

지금도 다 함께 그라운드를 뛸 때가 그리웠다.

"슬슬 마지막이네요."

그렇게 어느 정도 이야기를 나누고.

슬슬 하이라이트를 다룰 차례가 되었다.

"제임스에게 첼시란?"

"집 같은 곳이죠."

"그렇다면 오르텐시오란?"

짓궂은 질문에 제임스가 얼굴을 찌푸렸다.

묘한 악연이라고 해야 할지.

그 감독과는 좋은 기억이 없었기 때문이다.

"엿같은 새끼."

다큐멘터리가 마무리되었다.

*　　　*　　　*

원지석이 자리에 앉아 있었다.

검었던 머리는 부분부분 회색이 섞였으며.

눈가에는 잔주름이 있었다.

하지만 그 눈빛만은 형형하게, 사납게 빛났다.

이 사람이 푸른 제국의 지도자.

가장 특별한 감독.

그래도 또래 감독들에 비하면 확실한 동안이었지만, 그의 젊은 시절을 기억하는 사람들에겐 세월의 흐름이 느껴졌다.

"요즘 이런 말이 있어요. 신이 오르텐시오를 내려보낸 이유는 사람들에게 축구란 것을 알려주기 위해서라고. 이 말에 대해선 어떻게 생각하세요?"

누군가의 물음에.

조용히 턱을 괴던 원지석이 입을 열었다.

"난 그런 적 없는데?"

자만이 아닌.

자신감이 가득한 대답으로.

*   *   *

항구도시 포르투.

그 아름다운 거리를 한 남자가 걷고 있었다.

고된 여행이 힘겨웠는지 동양인 청년은 퀭한 얼굴로 한숨을 쉬었고, 쉴 곳을 찾기 위해 돌아다니다 철망 안에서 축구를 하는 아이들을 발견했다.

실력 차이가 꽤 있었던 듯.

큰 점수 차이로 지고 있는 아이들을 가만히 지켜보던 청년은 오지랖을 부렸고.

놀랍게도 경기를 뒤집는 데 성공한 아이들이 청년에게 달려갔다.

"거기, 자네."

아이들과 하이 파이브를 하던 청년이 자신을 부르는 소리에 고개를 돌리자, 거기에는 중년 남자가 있었다.

조제 무리뉴.

과거를 대표하는 명장.

그가 내민 손을 잡으며 청년, 아니, 원지석의 모습이 조금씩 바뀌었다.

이윽고 청년은 중년이 되었고.

서 있는 곳도 철망 안의 작은 경기장이 아닌, 조명이 쨍하게 비추는 그라운드로 변했다.

선수들에게 무언가를 지시하던 원지석이 멈칫하고선 몸을 돌렸다. 그리고 눈을 맞추듯 화면을 보았고, 그쪽을 가리키며 속삭였다.

"너도 가능해."

화면이 암전되며.

아디다스 로고가 떠오르고선 영상은 종료되었다.

짝짝짝.

곧 불이 켜지면서 우레와 같은 박수 소리가 울렸다.

방금까지 광고가 재생되었던 화면에선 한 사람의 모습이 비추어졌다. 영상의 주인공인 원지석이 소파에 다리를 꼬고 앉아 있는 모습을.

"정말 잘 만들어진 광고였죠?"

"제 입으로 말하긴 좀 그렇군요."

원지석의 대답에 사람들이 웃음을 터뜨렸다. 마이크를 들고 있는 것은 그와 사회자뿐이었고, 자리에 앉은 사람들은 스마트폰을, 기자들은 카메라를 들었다.

오늘 이 자리는 아디다스의 새로운 광고를 발표하고 홍보하는 팬 사인회에 가까웠다.

라이프치히 시절에 찍었던 광고와 이어지며.

꽤 오랜 시간이 지나서야 나온 후속편이었다.

"먼저 우승을 축하드립니다. 이번 시즌 챔피언스리그 정상에 오르며, 유럽 최초로 두 번의 트레블을 기록한 감독이 되셨는데요?"

트레블.

세 개의 트로피를 들었을 때 쓰이는 말.

그중에서도 리그, FA컵, 챔피언스리그를 우승한 유러피언 트레블은 가장 영광스러운 일로 꼽힌다.

이제 막 끝난 2034/35 시즌의 유럽 챔피언은 첼시였다. 그것도 트레블을 이룬 것이다.

지금까지 트레블을 이룬 감독들은 적지 않았지만.

그걸 두 번이나 경험한 사람은 그가 처음이다.

"감사합니다."

마이크를 든 원지석이 작게 웃었다.

7개의 EPL 트로피.

5개의 FA컵.

그리고 3개의 빅이어.

원지석이 첼시로 복귀하고 나서 9시즌, 햇수로는 10년이 되는 시간 동안 들어 올린 트로피들.

그야말로 전설적인 업적이었다.

개인 커리어로서도 총 6번의 빅이어는 역대 감독들 중 가장 많은 우승 횟수였다. 그 뒤를 오르텐시오가 4번으로 뒤따랐지만 차이가 있다.

"이번 시즌을 끝으로 떠나신다는 말에 아쉽다는 반응이 많아요. 첼시 1기 때도 그렇고, 또 트레블 뒤에 떠나시니 차라리 트레블을 하지 않는 게 더 좋다는 팬들도 있고요."

"하하, 그런가요?"

현재 시간은 2035년.

2025년에 첼시로 돌아왔으니, 그때로부터 어느덧 10년이란 시간이 흘렀다.

그 기간 동안 수많은 트로피를 들어 올리며.

원지석은 뉴 스탬포드 브릿지에 자신의 족적을 크게 남겼다.

"슬슬 떠날 때가 되었다는 건 느끼고 있었습니다. 그게 언제인지가 중요했는데, 이렇게 끝맺으니 다행이네요."

보다 근본적으로 느낀 것은 제임스를 비롯한 녀석들이 은퇴를 하거나 팀을 떠날 때였다.

언제까지나 그라운드에 있을 거라 생각했던 그들이 축구화를 벗는 모습을 보며, 그 역시 시간의 흐름을 깨달았다.

어린 유망주들을 키우는 것도 재미있었지만.

이제는 새로운 무언가가 필요하다고 느껴졌으니까.

"제임스가, 앤디가 떠나도 첼시는 우승을 할 수 있다는 걸 보여줬습니다. 마찬가지로 제가 없어도 잘할 수 있을 거예요."

그래야만 하고요.

흐려진 뒷말을 삼킨 원지석이 쓴웃음을 머금었다.

영광의 시대가 길수록 과도기는 잔혹한 법이다. 그는 새로운 팀을 위한 초석을 마련했고, 이후는 후임들을 믿어볼 생각이었다.

"앞으로의 행선지에 대해서 많은 곳이 떠오르고 있습니다. 혹시 생각해 두신 곳이 있나요?"

"글쎄요."

그는 어깨를 으쓱였다.

솔직히 말하자면 매우 많은 제의가 들어왔다.

닥치고 원하는 연봉을 적으라며 백지수표를 내민 곳도 있을 정도였으니까.

하지만 딱히 끌리는 곳이 없었기에, 일단은 보류하는 중이었다.

"우선은 쉬고 싶네요. 가족과의 시간도 좀 보내고요."

순간이지만 한 소녀의 모습이 떠올랐다. 부인인 캐서린을 닮은 금발과 푸른 눈동자에, 자신을 닮은 날카로운 눈매의 여자아이를.

'엘리.'

딸의 얼굴이 머릿속을 스치자 골치가 아팠다.

사춘기인 걸까, 최근 들어 반항적인 엘리를 상대하는 건 악동이라 불리던 선수들을 상대할 때보다 더욱 어려운 일이었다.

"감독님? 원 감독님?"

"아, 네."

사회자의 말에 상념에서 깨어난 원지석이 고개를 끄덕였다.

무난한 대화가 이어졌고, 발언권을 얻은 팬들이 마이크를 들고 질문하는 시간 또한 주어졌다.

"지금까지 가장 관리하기 힘들었던 선수는 누구인가요?"

"음, 어려운 질문이네요."

첼시로 복귀한 다음의 제임스도 속을 썩였지만.

역시 가장 까다로운 녀석이라면 그놈밖에 없었다.

"벨미르겠죠. 다 아시겠지만 성격이 더러운 놈이라. 아, 이건 우리들만의 비밀입니다."

원지석이 검지를 입에 가져가자 사람들이 그에 맞춰주며 마주 검지를 들어주었다.

곧 마이크를 건네받은 다른 사람이 입을 열었다.

"지금까지 가장 힘들었던 경기를 꼽자면 어떤 경기가 있나요?"

"이것도 어려운 질문이군요. 그래도 하나를 꼽자면 라이프치히 시절, 챔피언스리그 4강에서 모나코에게 졌던 경기를 들겠어요."

사람들이 눈이 반짝였다.

현대 축구를 대표하는 두 라이벌 감독의 첫 만남을 말하는 경기였으니까.

"아, 오르텐시오 감독과 처음으로 부딪쳤던?"

"네. 분명 전술은 완벽했는데, 골키퍼가 경기를 뒤집는 모습을 그때 처음 보았죠."

그때를 떠올린 원지석이 쓴웃음을 지었다.

오죽했으면 당시 골키퍼의 도핑 의심을 했을까.

질문을 하나둘씩 받다 보니, 어느새 사회자는 마지막 질문을 선언했다.

"저요!"

손을 든 수많은 사람 중 마이크를 잡은 건 꽤나 어린아이였다. 아이이기에 할 수 있는 순박한 질문은, 의외로 많은 반응을 이끌었다.

"원지석의 아이들이라 불리는 선수들 중에선 누가 제일 잘하나요?"

유치하지만.

그만큼 유치한 싸움을 벌이는 사람들에겐 귀가 솔깃할 질문이었다.

원지석의 아이들이나, 라이프치히의 동독의 왕, 유럽을 정복한 박쥐 군단 중 누가 제일 잘했는지에 대해 인터넷에선 싸움판이 벌어지니까.

잠시 고민하던 원지석이 대답했다.

"모두 뛰어난 선수들이죠. 안 그래요?"

우우우!

형식적인 대답에 관객들이 불만을 터뜨렸다.

격한 반응에 손을 내저은 원지석이 이어서 입을 열었다.

"알았어요. 직접적인 비교는 무리고, 가장 대견했던 녀석과 가장 대단했던 녀석을 꼽을게요."

가장 대견한 녀석은 앤디였다.

울보에 겁쟁이에.

사람들의 의문 섞인 눈초리를.

경악으로 바꾸는 데 성공한 녀석이었으니까.

그 성장을 이끈 원지석으로선 가장 애착이 갔다.

"가장 대단했던 녀석은 킴이었죠."

예상하지 못했던 이름이 언급되자 사람들은 눈을 크게 떴다.

런던의 빌헬름 텔이나.

골리앗이라 불리는 피지컬 괴물.

신계를 침몰시킨 악마까지.

그런 슈퍼스타들에 비해, 상대적으로 킴이란 선수는 분명 초라한 쪽에 속했다.

"처음 녀석이 앤디와 입단 테스트를 할 때, 뭐라 불렸는지 아십니까? 앤디를 위한 부속품 취급을 받았죠."

그마저도 프로 레벨에선 통하지 않을 거라는 평가가 지배적이었다.

하지만 데뷔를 하고.

원지석이 팀을 떠나고서도.

킴은 꾸준히 자신의 자리를 지키며, 팀을 지탱하는 소리 없는 영웅이 되었다.

"화려하진 않더라도, 자신의 한계에 끊임없이 부딪친 그 정신력은 분명 가장 빛났던 녀석입니다."

철없던 꼬마 시절에서.

궂은일을 책임지는 기둥이 되기까지.

그 모습을 모두 지켜본 원지석으로선 가장 대단하단 평가가 아깝지 않았다.

그렇게 질문 시간이 끝나고 이제 팬 사인만을 남겨둔 상황에, 무언가를 떠올린 사회자가 눈을 빛내며 물었다.

"참, 제임스 씨의 자서전을 토대로 만들어진 다큐멘터리는 보셨나요? 거기서도 감독님의 이름이 언급되는데요."

"듣긴 했지만 보진 않았습니다."

BBC에서 제작된 제임스의 다큐멘터리는 꽤 화제가 된 모양이었다.

악마라 불린 선수.

자서전과는 다른 이름이 붙었고, 좀 더 디테일한 내용을 추가했다는 소리는 들었다.

"재미있을 거니 꼭 보시길 바랍니다. 그렇죠, 여러분?"

능글맞게 웃은 사회자가 관객들에게 묻자 곧 웃음소리가 들렸다. 상황을 이해하지 못한 원지석은 고개를 갸웃거렸지만.

나중에라도 다큐멘터리를 봐야 하는 걸까.

"이제 마지막 질문이네요. 감독님, 혹시 최근 떠도는 말을 들어보셨나요?"

"어떤……?"

"요즘 이런 말이 있어요. 신이 오르텐시오를 내려보낸 이유는 사람들에게 축구란 것을 알려주기 위해서라고. 이 말에 대해선 어떻게 생각하세요?"

꽤나 직설적인 물음에 원지석이 볼을 긁적였다.

왜 이런 말을 했는지 알 거 같았기 때문이다.

무엇보다 오르텐시오는 경쟁사인 나이키의 대표 모델이었으니까.

오랫동안 경쟁해 온 아디다스와 나이키는 예전엔 메시와 호날두를 대표 모델로 삼았고, 지금은 원지석과 오르텐시오를 내세웠다.

라이프치히 때 원지석을 대표 모델로 삼은 게 제법 효과가 좋았던지.

나이키로서는 그 라이벌인 오르텐시오를 데려간 것이다.

'자극적인 대답을 바라는 거겠지.'

그게 홍보에도 좋을 테고.

장단에 어울려 주기로 한 원지석이 조용히 턱을 괴었다.

"난 그런 적 없는데?"

"하하하, 멋진 대답이었습니다!"

흡족한 얼굴로 고개를 끄덕인 사회자가 마지막 인사를 건넸다.

자리에서 일어난 관객들은 일렬로 서며 사인을 받기 위해 기다렸고.

그 사람들에게 모두 사인을 해주고, 사진을 찍은 원지석은 지친 얼굴로 마무리를 지었다.

"후우."

"고생하셨습니다."

"뭘요."

행사 스태프들과 마지막 인사를 나눈 그는 주차장으로 가는 길에 스마트폰을 꺼냈다.

최근에는 이것저것 신기한 물건들이 나온 모양이지만, 역시 스마트폰이 가장 좋았다.

「[BBC] 잉글랜드, 감독을 해고시키다!」

그가 바쁘게 사인을 할 동안.

잉글랜드 국가대표팀 역시 변화가 있었던 모양이었다.

예고되었던 경질이긴 했다.

부진을 끊기 위해 새로 데려온 감독이었는데, 역시나 바뀌지 않은 경기력을 보여주었으니까.

'새로운 대안은 있는 건가.'

잉글랜드 축구협회는 이번 시즌을 끝으로 첼시에서 물러난 원지석에게 감독직을 제의했지만, 그는 고개를 저었다.

쉬고 싶다는 건 거짓말이 아니다.

당분간은 푹 쉴 생각에 원지석이 주차장에 들어설 때였다.

'뭐지?'

자신의 차 앞에 있는 누군가를 발견한 것이다.

그는 고개를 돌리지 않은 상태로 입을 열었다.

"좋은 차군."

노인의 목소리.

하지만 그 특유의 목소리를 원지석이 잊을 리가 없다.

눈을 크게 뜬 원지석이 더 빠르게 걸으며 다가갔고, 때에 맞춰 노인이 몸을 돌렸다.

"조제!"

"오랜만이군, 잘 지냈나?"

이제는 백발이 가득한 노인.

조제 무리뉴.

축구계에서 은퇴한 그가 원지석을 찾아온 것이다.

*   *   *

행사장 근처에 있는 카페였다.

차를 가져왔기에 바는 가지 못했고, 대신 커피와 차를 주문한 두 남자는 웃으며 대화를 나누었다.

"은퇴 생활은 어때요?"

"나쁘지 않아. 피치 위에 설 수 없다는 것만 뺀다면."

"무슨 뜻인지 알겠네요."

투덜거리는 무리뉴를 보며, 웃음을 터뜨린 원지석이 고개를 끄덕였다.

항상 그라운드에 나서고 싶어 하는 그였기에 어느 정도 이해가 되는 불만이었다.

그래도 치열했던 그라운드를 떠난 후 심적인 여유를 찾았는지, 특유의 고집스러웠던 눈매도 많이 부드러워진 상황.

커피를 음미하던 무리뉴가 입을 열었다.

"멋진 광고던데."

"보셨어요?"

"그럼. 내가 나온다는 걸."

정확히는 젊었을 적의 모습을 CG로 만든 거지만 말이다. 최근 기술은 엄청나서, 정말 젊었을 때의 그가 촬영을 한 것만 같았다.

"그리운 모습이야."

무리뉴의 현재 나이는 만 72세.

포르투에서 본격적인 커리어를 시작했을 영상 속의 그때와 비교하면.

그야말로 시작과 끝이라 할 수 있었다.

스태프들 사이에 섞여 영상을 보던 그는 원지석과 처음 만났을 때를 떠올렸다. 광고이긴 했지만, 실제 있었던 일을 재구성했으니까.

'신기해.'

우연히 만났던 퀭한 몰골의 소년이.

세계 최고의 감독이 될 줄 누가 알았을까.

6번, 무려 6번의 빅이어다.

무리뉴가 현역으로 있을 때는 상상도 하지 못했던 커리어를 이룬 것이다.

말 그대로 살아 있는 전설이었다.

"이런 감독을 잃다니, 괜히 트레블을 하지 말았어야 한다는 반응이 나오는 게 아니지. 첼시 팬들이 슬퍼할 거야."

원지석이 쓴웃음을 보였다.

떠나지 말라고 소리치던 팬들의 모습은 가슴을 뭉클하게 만들었다. 순간적으로 팀을 떠나겠다는 결심이 흔들릴 정도로 말이다.

"그래서 다음 행선지는 정했나?"

"제의는 많은데, 딱히 끌리는 곳은 없어요. 나도 이대로 은퇴나 할까요?"

"터무니없는 소릴."

가볍게 일축한 무리뉴가 말을 이었다.

"기억하나? 내가 아직 맨유의 감독이었고, 자네가 라이프치히의 감독이었을 때 챔피언스리그 4강에서 붙은 경기를."

"물론이죠."

어떻게 잊을까.

2019/20 시즌.

벌써 15년 전의 일이었다.

맨유에서 마지막 시즌을 준비하던 무리뉴와, 이제 라이프치히에서 날개를 펴던 원지석의 대결.

스승과 제자의 대결이었으며, 다르게는 스페셜 원 더비라 불렸던 경기.

그 결과.

맨유는 라이프치히를 꺾고 결승에 진출한다.

"최고의 순간이었다네. 장담하건대 트레블 이후 최고의 기쁨이었지."

제자이지만 동시에 감독이다.

그것도 상대 전적이 좋지 못했던 감독에게, 챔피언스리그 4강이라는 중요한 고비에서 승리했으니 어찌 기쁘지 않을까.

"하지만 결승에 오르면서 직감했지. 이게 내 마지막 챔피언스리그 결승전이라는 걸."

하지만 굳이 입 밖에 꺼내진 않았다.

왜?

그걸 입 밖에 내는 순간, 정말 거기까지일 거 같아서.

그리고 무리뉴는 이후 새로운 팀을 맡으면서도 노장의 노련함을 과시했다.

"내 커리어는 이후에도 즐거운 일이 많았네. 자네도 그럴 거고. 그러니까 은퇴 같은 시답잖은 소리 대신, 다음은 어디를 갈지 생각해 두는 게 좋아."

"그럴게요."

원지석이 고개를 끄덕였다.

가장 무리뉴다운 조언이었다.

정작 장본인인 무리뉴는 머쓱한 얼굴로 머리를 긁적이고선 말을 덧붙였다.

"자넨 정말 놀라워. 내가 인테르에서 트레블을 할 때가 만 47세였으니까, 지금 자네랑 동갑이군."

당시 이탈리아 클럽 최초로 트레블을 기록했던 무리뉴는 젊은 감독들을 대표하던 사람이었다.

만 47세.

그때의 그와 같은 나이.

그토록 많은 트로피를 들었음에도, 원지석 역시 젊은 감독에 속했다.

하지만 언제까지고 피치 위에 있을 수는 없다.

언제 무슨 일이 있을지.

사람의 인생이란 모르는 법이니까.

*　　　　　*　　　　　*

"원! 왔어요?"

"네, 다녀왔어요."

집에 도착하니 방긋 미소를 지은 캐서린이 안겨왔다. 유전자 덕분인지, 꾸준한 관리 덕분인지. 시간이 지났음에도 그녀는 여전한 아름다움을 뽐냈다.

덕분에 축구를 잘 모르는 사람들에겐 젊은 부부 소리를 들을 때도 있었다.

"저녁은요?"

"이제 먹어야죠."

가볍게 입을 맞춘 원지석이 그녀와 이마를 맞대고선 미소를 지었다.

어느 정도 기반을 다진 캐서린은 예전처럼 현장에 나설 일이 적어졌고, 대신 집에 마련된 작업실에서 업무를 마쳤다.

"…왔어?"

그때 한 소녀가 모습을 드러냈다.

사람에 따라서는 차갑게 느껴질 무심한 눈매.

그게 성격이 나빠서 그런 게 아니라, 자연적인 눈매라는 걸 원지석은 알았다.

본인 역시 그랬으니까.

"엘리."

딸아이의 이름을 불렀다.

만 14세.

어릴 때는 방긋방긋 웃던, 웃음이 귀여운 아이에서.

지금은 스스로 다 컸다고 주장할 만큼 자립심이 강한 소녀 가 되었다.

그 말을 증명하려는 것처럼 자기 일은 완벽하게 해내는 딸아 이였지만, 가끔은 허리춤에 매달려 떼를 쓰던 그 시절이 그립기 도 했다.

저녁 식사가 끝나고.

원지석은 차를 마시며 생각에 잠겼다.

'그럼, 다음은 어디를 갈까.'

무리뉴와의 대화를 떠올린 원지석이 피식 웃음을 흘렸다.

솔직히 말하자면, 어리거나 젊었을 때처럼 새로운 도전을 위 해 세계를 떠도는 건 사실상 무리라고 생각했으니까.

이젠 한정적인 시간보다.

앞으로의 여정에 신경 쓸 생각이었다.

'하지만 어디를?'

그는 지금까지 EPL, 분데스리가, 라리가를 경험하며 총 세 팀을 지휘했고.

지금도 그들을 존중한다.

가급적이면 같은 리그는 피하고 싶을 정도로.

그렇다면 이탈리아나 프랑스로 가야 하는 걸까 싶었지만, 그들의 리그 경쟁력은 다른 곳들보다 떨어지는 편이었기에 구미가 당기진 않았다.

부르르.

주머니 속에서 진동이 울린 것은 그때였다.

원지석은 스마트폰을 꺼내 화면을 확인했다.

[한채희]

그의 에이전트에게서 온 전화.

정말이지 타이밍은 귀신같은 사람이었다.

—감독님?

여전히 변함없는 목소리.

아니, 그녀는 정말 늙은 거 같지가 않았다. 마치 시간이 멈춘 사람처럼.

정말 여우가 둔갑한 건 아닐까, 문뜩 머리를 스친 생각에 피식 웃음을 터뜨린 원지석이 한채희의 말에 집중했다.

—재미있는 제안이 왔어요.

"그럴 줄 알았어요."

뭐, 항상 그렇지는 않지만.

한채희가 먼저 연락을 하는 경우는 대부분 이랬다.

이미 태블릿을 켜고선 그녀가 보낸 자료를 확인하던 원지석이 눈을 크게 떴다.

"잉글랜드? 여긴 이미 거절하지 않았습니까?"

제의를 한 곳은 잉글랜드였다.

이미 잉글랜드 FA, 그러니까 축구협회는 그에게 접촉을 한 적이 있었다.

원지석은 꽤나 거만한 그들의 태도에 조건을 듣지도 않으며 거절했고, 그런 점을 한채희가 모를 리가 없다.

―상당히 몸이 달은 모양이네요.

그녀의 이야기를 종합하자면.

오늘 감독을 경질한 잉글랜드 FA는 꽤나 각오를 한 모양이었다.

유로 2036.

유럽에서 열리고, 유럽 국가만이 참가 가능하며, 유럽 최고를 가리는 국제 대회.

거기다 개최 장소가 자국인 잉글랜드인 만큼 개망신은 피해야 했고, 그러기 위해서라면 자존심까지 굽힐 각오가 되었다는 것.

―사실 독일 국가대표팀과 접촉하고 있다는 정보를 흘렸거든요.

요사스러운 웃음소리에.

원지석이 쓴웃음을 머금었다.

독일과 잉글랜드는 전통적으로 앙숙에 가까웠다. 이는 스포츠 경기에서도 마찬가지였고, 두 국가대표팀의 대결은 강한 라이벌 의식을 자아내기에 충분했다.

―꼬리에 불이 붙은 쥐새끼처럼 혼란스러워하던데, 덕분에 당신을 데려오기 위해서라면 간이고 쓸개고 다 내줄 거예요.

"…생각을 좀 해볼게요."

―얼마든지요.

전화가 끊어졌고.

원지석은 안경을 닦으며 잉글랜드의 제의에 대해서 생각했다. 그동안 국가대표 감독직을 거절한 건 런던을 떠나기 싫어서였다.

다시 첼시로 돌아왔던 이유도.

가족이, 집이 있는 곳인 런던으로 돌아오기 위해서였으니까.

그런 점에서 잉글랜드 감독직은 매력적이었다. 자국에서 열리는 대회인 만큼 먼 길을 떠나지 않아도 되기 때문이다.

만약 그 특유의 고집스럽고, 오만한 태도가 아니었다면 고민은 했겠지.

어떤 클럽을 가야 할지 고민하는 와중에, 국가대표 감독직도 확실히 매력적인 선택이었다.

"응?"

그때 어디선가 느껴지는 시선에 원지석이 고개를 돌렸다.

그곳에는 자신을 물끄러미 바라보는 엘리가 있었다. 아빠와 똑같은 차를 마시던 딸아이가 입을 열었다.

"그 검은 여자?"

한채희를 뜻했다.

언제부터인지 그녀에게 적대감을 드러내는 엘리였다.

그렇게 부르지 말라고 하면 어쩐지 뽀로통하게 볼에 바람을 넣었으니까.

"응, 뭐."

"아빠는 축구가 제일 좋지?"

나는 축구가 싫어.

흥 하고 고개를 돌린 엘리가 방에 들어갔다.

그 모습을 멍하니 보던 원지석이 이윽고 한숨을 쉬었다.

"후우."

어려웠다.

어떤 선택을 해야 할지도.

거기에 사춘기 딸아이까지.

＊　　　＊　　　＊

결국 원지석은 정장을 꺼내 입었다.

잉글랜드 축구협회와 미팅을 가지기로 한 것이다.

'그만큼 급한 상황이니까.'

원지석은 상황을 이해했다.

현재 잉글랜드 축구 국가대표팀의 상황은 개판이나 마찬가지였다.

제임스를 비롯한 황금 세대의 은퇴 이후.

제대로 된 세대 교체를 하지 못하며 끝이 없는 바닥을 경험하는 중이니까.

만약 이번 유로도 개최국의 자격으로 본선에 참가하지 못했더라면, 일찌감치 탈락했을 정도로.

'앞으로 1년.'

이대로라면 개망신은 뻔한 일이었기에.

축구협회 입장에서는 1년도 남지 않은 유로를 앞두고 필사적이었다.

"제가 당신들에게 그리 좋은 감정이 없다는 건 알고 있죠?"

원지석의 말에.

눈앞에 앉은 축구협회 인사들의 눈이 흔들렸다.

첼시 감독 시절 내내 FA와 충돌했던 그였다. 그중에는 괘씸죄가 뻔히 보이는 징계마저 있었고.

사실 첫 미팅에서 오만하게 대했던 것도 그런 점이 작용했는지도 모른다.

하지만 상황이 바뀌었다.

은근슬쩍 선임하려던 감독을 어떻게 눈치챘는지, BBC가 이를 알리자 자국 축구 팬들의 불만이 하늘을 찔렀으니까.

결국 일이 틀어졌고.

그럴수록 원지석이란 감독은 놓쳐서는 안 될 존재가 되었다.

대영제국 훈장을 받을 거라는 언질이 계속 나오는 만큼, 잉글랜드에서 그의 존재감은 절대적이었으니까.

"독일 축구협회와 협상 중인 건 알고 계셨죠?"

"하하, 그랬나요?"

말과는 다르게 식은땀을 흘리는 모습이 퍽 재미있었다. 가벼운 도발에 이 정도라니, 확실히 자존심을 굽히긴 굽힐 생각인가 싶었다.

'뭐, 독일에서 제의가 온 건 진짜지만.'

어차피 아쉬운 건 그들이었다.

누가 주도권을 쥐고 있는지는 뻔한 상황.

어깨를 으쓱인 원지석이 물었다.

"만약에 말입니다."

턱을 괸 원지석이 창밖을 보았다.

런던을 가로지르는 템즈강이 보였다.

그는 그 강을 가리켰다.

"제가 선수들을 일렬로 세워 저 강에 밀어 넣어도 아무 말을 하지 않는다면, 그때는 하죠."

이 무슨 개소리인지.

원지석의 말에.

축구협회의 인사들은 숨이 턱 막히는 걸 느꼈다.

57 ROUND

New team

"하하, 재미있는 농담이군요!"

누군가가 긴장된 분위기를 환기시키려는 듯 웃음을 터뜨렸다.

전염병처럼.

곧 다른 사람들도 어색하게 웃으며 상황을 넘기려 했지만, 그들의 눈은 여전히 떨리고 있었다.

'농담이라.'

그런 축구협회 측 사람들을 보며 원지석이 미소를 지었다.

애초에 그들을 떠볼 생각으로 던진 말이었으니까. 거절당해도 문제는 없었기에 강하게 나가보았다.

고리타분하고 자존심만 강한 잉글랜드 축구협회의 특성상,

일단 계약이 체결되면 나중에라도 말을 바꿀지 몰랐으니까.

'하지만.'

정말 그럴 필요가 생긴다면.

그때는 농담이 아니게 될 것이다.

정 싫다면 다른 감독을 찾는 게 좋을 테고.

"좋습니다."

웃음소리가 잦아들고.

예상과는 달리 긍정적인 대답이 들려왔다.

'헨리라고 했나.'

눈썹을 긁적인 원지석이 시선을 돌렸다.

헨리 모건.

잉글랜드 축구협회의 미래라 불리는 사람이며, 동시에 이번 미팅을 주선한 자.

헨리는 상황의 심각성을 가장 먼저 깨달은 사람이었다. 지난 번의 협상이 축구협회의 거만함 때문에 실패했다는 걸 파악한 그는, 이번엔 직접 나서며 협상을 책임졌다.

"감독님의 행동이 타당하다면 우리가 말릴 이유는 없지요."

"물론 엿을 먹이려고 그런 짓을 하진 않죠."

어깨를 으쓱인 원지석이 안경을 고쳐 썼다.

생각보다 침착한 헨리의 태도에, 대화를 해볼 만하다고 느낀 것이다.

그는 첫 번째 요구를 말했다.

"당연하지만, 선수단을 구성하는 건 제 영역이에요. 간섭을 받는 순간 바로 때려치울 겁니다."

"당연하죠."

헨리는 흔쾌히 고개를 끄덕였다.

사실 이건 너무 터무니없는 선수단이 아닌 이상, 기본적으로 존중해 주는 권한이었다.

뭐, 그렇게 해주지 않는 곳도 있다고는 하지만.

진짜 협상 카드는 아직 나오지 않았다.

'어깨가 무겁군.'

어떻게든 이 협상을 성공시켜야 하는 헨리는 목이 타는 걸 느꼈다.

괜히 세계 최고라는 자리에 오른 건 아닌지.

이렇다 할 감정 표현을 하지 않았음에도, 어마어마한 위압감에 숨이 막혔다.

'빌어먹을 늙은이.'

동시에 이 상황을 만든 협회장이 원망스러웠다.

누누이 경고를 했음에도 불구하고, 정신을 못 차리고선 은근슬쩍 입김이 닿은 초짜를 앉히려는 것까지 들켰으니까.

사실 이 미팅 자리를 만든 것도 그런 협회 놈들이 믿음직스럽지 못했기 때문이었다.

너희들한테 맡기느니.

그냥 내가 하는 게 낫겠다.

"유망주를 데려가도, 2부 리그 선수를 데려가도 저희는 감독님의 뜻을 지지할 겁니다."

"그래요?"

"네. 은퇴한 제임스 선수를 불러와도 괜찮고요. 오히려 반기는 사람도 있겠군요."

"아, 녀석은 따로 쓸데가 있습니다."

원지석의 말에 헨리가 고개를 끄덕였다.

그러면서도 그의 머릿속은 빠르게 회전하는 중이었다.

이 자리를 준비하며 많은 계산을 했다.

축구협회가 감독에게 쓸 수 있는 예산은 한정적이다.

저기 프랑스나, 중국 같은 경우엔 감독의 연봉으로 수백만 유로를 지불한다지만.

잉글랜드 축구협회는 그러지 못한다.

그리고 눈앞의 원지석은 세계 최고의 연봉을 받던 감독이었다.

금전적으로는 유혹할 수 없다. 그들은 감독의 권한을 최대한 살려주며, 서로 간의 입장 차이를 좁혀갈 생각이었다.

"또 의미 없는 A매치 원정은 피하고 싶군요. 어차피 UEFA 네이션스 리그가 있는 만큼, 비시즌을 말하는 겁니다."

UEFA 네이션스 리그.

2018/19 시즌부터 시작되었으며.

말 그대로 국가대표팀들이 벌이는 리그였다.

2년마다 벌어지는 리그였기에 비시즌 기간 중에는 다른 대륙의 팀들과 A매치 일정을 잡았으며, 이건 잉글랜드 축구협회의 큰 수입원이었다.

"하지만 그럴 경우, 우리는 감독님의 연봉을 맞출 수 없습니다."

EPL이 아무리 천문학적인 수입을 올려도, 국가대표팀과는 무관한 돈이다.

그들은 웸블리를 비롯한 국가대표 경기가 열릴 때 얻는 경기장 수입과 중계권, 기업들의 후원으로 예산을 짠다.

거기서도 감독에게 쓸 수 있는 돈은 제한되었고.

'이 사람이 부임한다면 스폰서야 알아서 들어오겠지만.'

자국인 잉글랜드에서 열리는 유로인 데다, 프리미어리그의 상징적인 감독과 시너지를 낸다면.

분명 굉장한 홍보 효과가 될 테니까.

기업들이라면 군침을 삼킬 것이다.

그럼에도 비시즌 동안 A매치 원정을 포기하자는 말은 부담이 되었다.

UEFA 네이션스 리그가 열리며.

유럽 팀과 더욱 A매치를 잡기 힘들어진 다른 대륙의 팀들, 그것도 아시아의 팀들이 친선경기를 잡기 위해 제시하는 거액은 큰 도움이 되었다.

"연봉이요? 낮출게요."

그 부담을.

원지석은 쉽게 덜어주었다.

눈을 크게 뜬 헨리가 자기도 모르게 되물을 정도였다.

"정말입니까?"

"네. 자세한 건 제 에이전트와 협상을 해야겠지만, 저의 연봉을 깎더라도 코치들은 제대로 줘야 할 겁니다."

그것만으로 어디인가.

화색이 도는 얼굴로 고개를 끄덕이는 헨리를 보며 원지석이 쓴웃음을 지었다.

그녀에 대한 소문을 듣지 못한 건가.

쉽게 생각했다간 피를 흘릴 거다.

"이런 질문은 이상하겠지만, 꽤나 긍정적으로 바뀌셨군요. 무언가 계기가 있으셨습니까?"

이후에도 딱히 막히는 부분이 없자.

오히려 불안해진 헨리가 눈치를 보며 물었다.

설마 이렇게 협상을 해놓고선, 독일 국가대표팀에 부임하는 건 아니겠지.

끔찍한 상상이지만 원지석이 FA와 으르렁거린 이력을 생각하면 가능성이 없진 않았다.

"글쎄요."

피식 웃은 원지석이 어깨를 으쓱였다.

무리뉴와의 대화를 떠올린 그는.

먼 곳을 바라보며 답했다.

"은퇴를 생각하기보단, 다음 팀을 생각하기로 했죠."

"……."

"뭐, 헛소리 같다는 거 압니다."

원지석이 몸을 일으켰다.

그래도 오늘 긍정적인 반응이 나온 이유는, 협상을 담당한 헨리의 지분이 컸다. 만약 지난번처럼 거만한 태도를 보였다면 바로 엎어버릴 생각이었으니까.

무엇보다 쓸데없는 원정을 가지 않아도 된다는, 어찌 보면 황당한 요구를 들어준 게 좋았다.

가능하면 런던을 떠나고 싶지 않았기 때문이다.

헨리와 악수를 나누고.

먼저 자리를 떠난 원지석은 스마트폰을 꺼냈다.

한채희에게 연락을 한 그는 상황을 정리했다.

─봉사라도 하시게요?

말은 그래도 꽤나 재미있는 모양새다. 애초에 잉글랜드의 제의를 다시 꺼내온 것도 그녀였고.

"봉사보단 취미 활동이겠네요. 과연 즐거운 일을 만들지, 아니면 커리어에 먹칠을 할지는 알게 되겠죠."

─기대할게요.

기분 탓일까.

한채희가 미소를 짓고 있다는 느낌이 들었다.

정말 그럴지는, 확인할 수 없었지만.

*   *   *

「[BBC] FA, 깜짝 놀랄 감독을 준비 중!」
「[스카이스포츠] 과연 국민들의 불만을 잠재울 수 있을까?」

축구협회가 새로운 감독과 협상 중이라는 이야기는 언론을 타고 전해졌다.

국민들.

클럽 축구와는 가장 큰 차이가 이거였다.

한 국가를 대표하는 선수들과.

그들을 응원하는 국민들.

그 무게가 달랐다.

"협상은 완료됐고."

며칠 전 한채희에게서 연락이 왔다.

세부적인 협상의 완료가 되었다는 메시지를.

'고생 좀 했겠군.'

그녀가 아닌, 협상을 담당한 헨리에게 작은 위로를 보낸 원지석이 손목에 걸린 시계를 확인했다.

슬슬 시간이었다.

―여기는 웸블리입니다!

―축구협회에서 중대 발표를 할 시간이 다가오는군요! 대체 어떤 사람일지, 저희도 무척 궁금하네요!

축구의 성지라 불리는 웸블리.

오늘 이곳에서 그는 잉글랜드의 감독으로서, 사람들의 앞에 선다.

인터넷 전용이라지만 방송까지 준비했고, 힘들게 자리를 차지한 기자들도 저 문 너머를 뚫어지게 보는 상황.

  —대체 누군데 이렇게까지 거창해?
  —진짜 원 감독 아니야?
  —미쳤다고 그 사람이 이런 거지 같은 팀을 맡겠냐?
  —뭐 어때. 중하위권을 빌빌거렸을 때의 발렌시아도 간 사람이구먼.
  —그때의 발렌시아보다 더 심각하다고!

  실시간으로 중계를 보는 시청자들은 다양한 반응들을 쏟아내며 새로운 감독을 기다렸다.
  곧 거대한 전광판에 카운트다운이 시작되었고.
  마침내 그 숫자가 0이 된 순간.

  —아! 장막이 걷힙니다!
  —그리고 거기서 나오는 사람은!
  —어? 어어어!

  중계진들은 순간적으로 말을 잇지 못했다.
  적어도 이 잉글랜드에서.
  그의 얼굴을 모르는 사람은 없기 때문이다.

―워, 원지석 감독입니다!

―스페셜 원이! 세계 최고의 감독이! 잉글랜드의 지휘봉을 잡

았어요!

잠깐 정적이 일었던 채팅창도.

이윽고 폭발적인 반응이 나오며 제대로 읽는 것조차 불가능

할 지경이 되었다.

전혀 기대하지 않았던.

누군가는 헛된 기대라고 생각한 사람이 나타난 것이다.

―형이 왜 거기서 나와?

물론 그런 상황을 모르는 원지석은 무심한 얼굴로 마이크가

있는 곳까지 걸었다.

아직 공개되지 않은 유니폼.

그 왼쪽 가슴에 있는 엠블럼은 첼시의 것이 아니다.

세 마리의 사자.

삼 사자 군단.

분명 잉글랜드 국가대표팀을 상징하는 엠블럼이었다.

주위를 둘러보자 멍한 얼굴의 기자들이 보였다. 이내 정신

을 차린 그들은 정신없이 카메라 플래시를 터뜨렸다.

"흠."

목을 가다듬은 그가 입을 열었다.

모두가.

이곳에 모인 기자들만이 아니라, 인터넷 중계로 보는 사람들까지도 귀를 쫑긋거렸다.

"네. 제가 오늘부터 잉글랜드의 새로운 감독입니다."

마침내 선언된 그 말에.

우와아아!

몇몇 기자들은 환호를 터뜨리기도 했다.

잉글랜드는 국가대표보다는 클럽 팀을 선호하는 경향이 더 강하지만, 그래도 국가대표팀을 응원하는 사람이 없는 건 아니다.

그렇게 새로운 감독의 기자회견이 시작되었다.

"첼시 지휘봉을 내려놓고선, 휴식 없이 바로 잉글랜드에 부임하셨는데요. 이미 합의된 사항이었나요?"

"아니요. 합의 자체는 며칠 전에 마무리되었습니다."

"굳이 잉글랜드를 선택하신 이유가?"

"여러 이유가 있지만, 가장 편하다고 생각되었기에 이곳을 선택했죠."

단순히 집이 가깝다고 하면 이상하지 않은가.

이후에도 이어진 질문은.

왜 잉글랜드인지를 묻는 점에 초점이 맞춰졌다.

"감독님은 잉글랜드의 제의를 거절했던 전례가 있습니다. 그때와 지금은 무엇이 다른가요?"

"사람이 다르더군요. 헨리라는 사람이."

헨리의 이름이 나오자 묘하게 납득하는 분위기가 되었다. 기자들에게도 꽤나 인정을 받는 사람인 듯싶었다.

"하지만 현재 잉글랜드의 예산으로는 감독님의 연봉을 맞춰주긴 힘들 겁니다. 무슨 변수가 있었나요?"

"제 연봉을 깎았습니다."

"네?"

"돈은 벌 만큼 벌었으니까요."

몇몇 기자들이 부럽다는 눈으로 원지석을 보았지만, 아무래도 좋은 이야기였다.

"그렇다면 감독님의 최우선 과제는 무엇인가요?"

"역시 유로 2036이겠죠."

그걸 위해 축구협회는 무리를 해가며 자신을 데려온 거였다. 1년도 남지 않은 이 시점에서, 가장 믿을 만한 사람을.

원지석 역시 그 믿음에 보답을 해야만 한다.

하지만 그 전에.

가장 먼저 해야 할 일이 있다.

"새로운 팀을 짤 생각입니다."

이미 케빈에게선 런던행 비행기에 몸을 실었다는 메시지가 왔다.

몇 달 만에.

원지석 사단이 다시 모이게 된 것이다.

*   *   *

「[오피셜] 잉글랜드, 원지석을 선임하다!」

잉글랜드를.
아니, 세계를 떠들썩하게 만들었던 발표였다.
추락할 대로 추락한 잉글랜드에, 세계 최고의 감독 중 하나
가 부임했으니까.

―놀랍군요. 솔직히 말해 적당한 감독을 불러올 거라 생각했
거든요.
―네. 축구협회가 무슨 마법을 부린 걸까요?

거대한 화면 속에 원지석의 모습이 잡혔다.
어젯밤 있었던 발표회 장면으로.
그런 화면을 뒤에 걸어둔 방송 패널들은 삼 사자 군단이 앞
으로 어떻게 바뀔지에 대한 이야기를 나누었다.
아직까지 흥분된 기색을 숨기지 못하는 걸 봐선, 현 상황이
어지간히 믿기지 않는 모양이었다.

―한국에선 꽤 아쉬워한다는군요.
―네. 이번에는 강하게 연결된 걸로 알고 있거든요?

원지석은 한국에선 거의 축구의 신으로 추앙받는 감독이다.

그런 감독을 국가대표팀에 앉히기 위해 어마어마한 노력을 기울였지만, 결국 잉글랜드에 부임하는 것으로 끝이 났다.

덕분에 일부 팬들에겐 애국심도 없는 놈이라며 욕을 먹었지만.

잉글랜드로서는 아무래도 좋은 이야기였다.

―사실 다음 감독이 누가 될지에 대해 내기를 했었거든요.

―그래요?

―네. 저는 프랭크 램파드를, 친구는 스티븐 제라드에게, 그리고 옆집 꼬마는 원 감독에게 걸었죠.

―하하, 꼬마의 승리군요.

―그렇죠. 지금이 그런 상황인 겁니다. 말이 안 되는 상황이 이루어졌어요!

잉글랜드의 감독 후보로 원지석이 꾸준히 거론되긴 했지만, 그 가능성을 높게 보는 사람은 없었다.

예산은 둘째 치더라도.

잉글랜드라는 팀은 그럴 만한 매력이 없었기 때문이다.

최근 논란이 된, 이른바 초짜 감독을 앉히려 했던 게 대표적이었다.

처음부터 그를 앉히려던 게 아니라.

제의를 받은 감독들이 모두, 괜히 커리어를 망칠까 고개를 저으며 고사했을 뿐.

―우리는 원 감독이 발렌시아에 부임했을 때를 기억합니다. 그리고 그 결과도요.

―기적적인 행보였죠.

무너져 가던 발렌시아를 다시 유럽 정상으로 날려 올린 것처럼, 잉글랜드 국민들은 그가 삼 사자 군단의 영광을 되찾아주길 바랐다.

「[BBC] 원지석은 몰락한 종가를 일으킬 수 있을까?」

축구 종가.

현대 축구의 근간을 만들었다는.

잉글랜드의 강한 자부심을 담은 별명.

그것도 결국 예전 일일 뿐이었다.

자국에서 열렸던 1966년 잉글랜드 월드컵, 그것도 판정 논란 속에서의 우승이 처음이자 마지막 트로피였고.

명성과는 달리, 삼 사자 군단은 국제 대회에서 이렇다 할 성적을 거두지 못했다.

허우대만 좋은 팀.

그것이 잉글랜드를 뜻하는 말이었으나.

"지금은 그것만도 못하지."

태블릿을 끈 원지석이 기지개를 켰다.

피파 랭킹 24위.

허점이 많고, 모든 걸 증명하는 순위가 아니지만.

그걸 부정하지 못할 정도로 다 허물어져 버린, 그야말로 허울뿐인 명가였다.

'명성만 높은 녀석들이군.'

선수단 자체는 이름값이 높은 녀석들로 포진되었다. 그 이름만 본다면 왜 그저 그런 팀으로 평가받는지 이해가 가지 않을 정도로.

빅리그인 EPL에서 활약하는 선수들인 데다, 당장 지난 시즌 트레블을 이룬 첼시 선수들이 있었으니까.

문제는.

실속이 없다는 거다.

아무리 좋은 톱니바퀴라 해도, 서로 맞지 않는다면 결국 고철에 지나지 않는다.

현재 잉글랜드는 고철들로 모양만 흉내 낸 껍데기였다.

"고질적인 문제야."

안경을 벗은 원지석이 골치 아프다는 듯 중얼거렸다.

지금까지 잉글랜드의 황금 세대라 불렸던 시기는 꽤 많았다.

특히 2000년대에 들어서는 그 유명한 램파드와 제라드를 비롯한, EPL을 대표하던 선수들이 삼 사자 군단의 유니폼을 입었고.

이후에는 앤디와 제임스가 바통을 이어받으며 잉글랜드를 대표했지만.

그 결과는 초라했다.

"월드컵 8강과, 유로 4강."

기록을 훑은 원지석이 한숨을 쉬었다.

그게 제임스와 앤디로 대표되던 황금 세대의 최종적인 한계였다.

잉글랜드 입장에서는 유로 4강만 하더라도 역대 최고 기록과 타이인 데다 바비 롭슨의 삼 사자 군단 이후로 가장 좋은 평가를 받았음에도, 최고의 황금 세대라 불리던 팀으로서는 아쉬운 성적이었다.

'그리고.'

진짜 문제는 그 황금 세대들이 물러난 이후였다.

골짜기 세대.

전설적인 선수들이 떠나며 찾아온 과도기.

그 끝을 알 수 없는 수렁 속에서.

원지석은 올라와야만 했다.

쿵쿵.

문을 강하게 두드리는 노크 소리가 울린 것은 그때였다.

벗어둔 안경을 다시 쓴 원지석이 몸을 일으키려 할 때, 성질 급한 방문자가 문을 벌컥 열었다.

"원!"

"케빈?"

긴 휴가를 마치고.

마침내 삼 사자 군단에 합류한 케빈이었다.

"맥주는 없나? 에너지 드링크는?"

"몸 관리 좀 해요."

"내 몸에 흐르는 건 피가 아니라 레드불이야."

오십 대 중반에 이른 케빈은 여전히 기운이 넘쳤다. 항상 마시던 에너지 드링크에 무슨 비밀이 있는 게 아닐까 싶을 정도로.

어깨를 으쓱인 케빈이 소파에 앉았다.

"그래서 다른 녀석들은 어떻게 됐어?"

다른 녀석들.

케빈을 비롯한 코치들을 말하는 거였다.

원지석 사단의 핵심이라 할 수 있는 그는 다른 코치들보다 먼저 계약을 마무리 지었지만, 누가 합류할지에 대해선 정확히 알지 못하는 상황.

"벤우드 씨는 첼시에 남는다고 하네요."

"그래? 아쉽네."

벤우드는 원지석이 첼시로 돌아왔을 때 합류한 코치로, 케빈과의 호흡이 좋은 편에 속했다. 그 괴팍한 성격을 모두 받아들여 주는 보살이었으니까.

원지석은 그가 함께하길 바랐지만.

그는 고개를 저으며 뉴 스탬포드 브릿지를 떠나고 싶지 않다는 뜻을 밝혔다.

"거기다 디에고 씨는 감독이 되었고."

"걔가 감독이 되다니, 말세야."

누군가는 새로운 감독이 되어 독립했고.

혹은 고향으로 돌아가거나, 더 좋은 대우를 약속받으며 떠난 사람도 있었다.

그중에는 뒤통수를 때린 놈도 있었지만.

약간의 자극은 필요하지 않겠는가.

"그 사람들이라면 잘 해내겠죠."

"결국 항상 보던 녀석들인 건가."

지겹다는 듯 케빈이 한숨을 쉬었다.

물론 말만 그렇지, 실제로는 누구보다 기존 멤버들을 기다리고 있을 터다.

똑똑.

양반은 못 되는지.

문을 두드리는 노크 소리에 케빈이 귀를 쫑긋거렸다.

"여기가 맞나?"

"대머리!"

"으엑, 케빈!"

들어온 사람은 이마가 정수리까지 후퇴한 중년 남성이었다.

원지석의 첼시 1기 시절부터 함께한 코치로, 이후 모든 팀을 함께한 분신 같은 코치.

한때 남부럽지 않게 풍성했던 머리는 이제 케빈의 놀림감이 되었을 뿐이다.

"아직 안 온 사람은 없는 거지?"

"올 사람은 다 왔네."

그 뒤를 따라 몇 명의 코치가 더 모습을 드러냈다. 원지석 사단의 핵심 코치들이.

원지석은 그들을 반갑게 맞아주었다.

이윽고 제의를 한 사람들이 모두 모였다는 걸 확인한 그가 입을 열었다.

"이번에도 잘해봅시다."

자신을 믿고 여기까지 따라온 사람들이다.

선수들만이 아니라.

코치, 팀닥터, 심지어 영양 관리사까지.

모두가 하나의 팀을 구성하는 중요한 사람들이었다.

"그래서 뭘 하면 됩니까?"

한 코치가 손을 들며 물었다.

국가대표 경기는 보통 A매치 기간이나, 월드컵 같은 국가 대항전에 치러지는 편이다. 즉, 리그가 진행될 때엔 시간적인 여유가 생긴다는 소리.

"우리에겐 시간적인 여유가 없어요."

모순적이게도.

지금 그들에겐 더욱 제한적인 시간일 뿐이었다.

한정된 기간에만 선수들을 소집할 수 있으니, 그만큼 조직력을 만들 시간이 부족하기 때문이다.

"새 팀을 짜야죠."

거기다 새로운 전술, 새로운 선수들이 적응하기에 시간이 얼마나 걸릴지 알 수 없었다.

남은 1년 동안.

최대한 시행착오를 줄여야만 한다.

기존 전술, 선수들로는 안 된다는 걸 전임 감독들이 증명하지 않았는가.

그대로 이어갈 생각은 없었다.

「[BBC] 크레이븐 코티지에서 발견된 원지석!」

「[스카이스포츠] 풀럼의 영건이 국가대표팀에 승선할 가능성은?」

원지석은 많은 경기장을 돌아다니며 잉글랜드 선수들의 움직임을 관찰했다.

그 목록을 뽑는 건 어렵지 않았다.

첼시 시절에 주의 깊게 관찰한 선수나, 유망주들의 자료를 만들어둔 건 아직 유효했으니까.

─아, 카메라에 원지석 감독의 모습이 잡히는군요.

─잉글랜드에 부임하고선 많은 선수들을 관찰하고 있죠? 곧 9월 A매치 기간이 다가오는데, 어떤 선수들이 뽑힐지 궁금하네요.

시즌이 시작되었고.

약 한 달 뒤쯤, 8월 말에서 9월 초 사이에는 A매치 기간이 잡힌다.

잉글랜드는 9월 첫째 주에 A매치 경기 두 개를 잡았고, 그게 원지석의 데뷔전이 될 터였다.

"예상했던 것보다……."

"별론데?"

원지석이 흐린 뒷말을 케빈이 대신해서 뱉었다.

오늘 체크할 선수는 웨스트햄의 윙어였고.

분명히 선발 명단에 이름을 올렸음에도, 중간에 사라지기라도 했는지 눈을 비비고 확인할 정도로 상대 풀백에게 지워진 상황이었다.

'저 풀백은 덴마크 선수였던가.'

이번 A매치 기간에서 상대할 팀이 덴마크였다. 만약 클럽의 감독이었다면 영입 대상으로 눈여겨봤을 정도로, 꽤나 괜찮은 플레이였다.

"왜 우리가 직접 보러 오기만 하면 이러냐. 다음 녀석도 이러는 거 아냐?"

"재수 없는 소리 하지 마요."

안경을 벗고선 콧잔등을 주무르던 원지석이 한숨을 쉬었다. 이 정도까진 아니었던 거 같은데.

무슨 징크스라도 있는 것처럼.

지금까지 직접 보러 간 선수들은 평소보다 부진한 활약을 보였으니까.

"쟤는 어때?"

케빈이 가리킨 선수는 상대 팀의 공격수였다.

서른 중반에 가까운 노장이었는데, 오늘 골을 뽑아내며 팀의 공격을 이끌었다.

"요즘 세상에 서른 중반이면 아직 괜찮잖아?"

"그렇긴 한데, 조금 더 지켜보기로 하죠."

기술이 발전함에 따라, 몸 관리가 체계적인 선수라면 서른 중반까지 퍼포먼스를 유지하는 세상이다. 그 활약만 꾸준하다면 데려가지 않을 이유가 없다.

중요한 건 이 퍼포먼스를 시즌 동안 얼마나 유지하느냐였다.

"거기다 시즌이 시작하고 얼마 지나지 않았으니까요."

우선 9월에 있을 경기에선 큰 변화를 주지 않을 생각이었다.

급할수록 돌아가라.

그때까지는 기존 선수들에게 기회를 줄 것이다.

삐이익!

휘슬 소리에 원지석은 몸을 일으켰다.

"가죠."

*   *   *

「[BBC] 잉글랜드, A매치 소집 명단 발표」

「[스카이스포츠] 큰 변화를 주지 않은 원지석!」

잉글랜드의 선수단이 발표되었다.

몇 명을 제외하고선 기존 선수들이 그대로 자리를 지켰으며, 이중에는 팬들의 원성을 사던 선수도 있어 의문이 나오기도 했다.

"너는 왜 여기 있냐?"

"지는."

선수들은 서로를 보며 얼굴을 구겼다.

굳이 입 아프게 떠들지 않아도 어떤 사이인지를 알 수 있는 장면이었다.

'여기서 몇 명이나 나가려나.'

누군가는 옆에 있는 녀석들과 우위를 비교하기도 했다. 반절? 아니, 어쩌면 모두가 갈아 치워질지도. 원지석이란 감독은 그러고도 남을 사람이니까.

'그래도 쟤보다는 낫겠지.'

모두가 같은 생각을 하고 있을 때.

선수들의 눈이 바뀌었다.

"온다."

저 멀리서.

원지석과 그 코치 팀이 들어오고 있었다.

*　　　　*　　　　*

원지석을 보조하는 코치 팀들.

왼쪽 가슴의 엠블럼은 달라졌을지라도.

그들은 항상 함께였다.

지금까지 수많은 사람들이 합류하고, 저마다의 이유로 떠난 사람도 있지만.

케빈을 비롯한 핵심적인 코치들은 첼시 1기 시절부터 단 한 명도 떠나지 않았을 정도로, 모두 그 자리를 지켜온 사람들이다.

"모두 온 건가?"

원지석의 말에 선수들은 자기도 모르게 침을 삼켰다. 대부분의 선수들이 EPL에서 뛰는 만큼, 그의 위엄을 직접 느낀 세대였다.

"늦은 사람은?"

선수들의 얼굴을 확인한 원지석은 이윽고 고개를 끄덕였다. 첫 훈련부터 늦거나 빠진 녀석이 없어서 다행이었다.

"먼저 간단히 자기소개부터 할까. 지금부터 너희들의 목줄을 쥘 원지석이다."

선수들은 그의 말을 하나라도 놓치지 않으려는 것처럼 초롱초롱 눈을 빛냈다.

누군가는 유망주 시절부터.

누군가는 축구를 접하기 시작했을 때부터.

그들이 염원하던 프로축구계의 최정상에서 군림하던 사람이었으니까.

그런 감독이 자신을 선택한 것이다.

솔직히 말해 심장이 터질 것만 같았다.

설마 원지석에게 지도를 받을 기회가 오다니, 국가대표팀으로 뽑혀서 다행스럽게 느껴진 건 처음이었다.

"아는 얼굴도 있고, 처음 보는 사람도 있군."

선수들을 한 번 훑어본 원지석이 고개를 끄덕였다. 직접 지도했던 첼시 선수들과, 그 상대로 대적했던 선수와, 다른 리그에서 뛰는 선수들까지.

모르는 선수는 없었다.

"시작부터 이런 말을 하기엔 좀 미안하지만."

그들의 기대와는 다르게.

전설적인 감독은 잔인한 말을 내뱉었다.

"사람들이 너희를 뭐라고 부르는지 아는 녀석? 손?"

그 말에 선수들의 얼굴이 굳었다.

당장 인터넷에 국가대표팀을 검색하면 나오는 말일 텐데, 어찌 모를 수 있을까.

골짜기 세대.

잉글랜드의 암흑기.

좋은 말이라곤 찾기 힘든 그 반응을.

"나도 나름대로 너희들을 지켜봤지. 그런데."

한숨을 쉰 원지석이 말을 이었다.

"맞아. 너희는 그 말을 들어도 이상하지 않은 녀석들이다."

클럽에서의 퍼포먼스 자체는 나쁘지 않다. 아니, 오히려 좋은 편에 속했다.

그럼에도 삼 사자 군단의 유니폼을 입으면 전혀 다른 사람이 되는 이유는 뭘까.

선수들 간의 호흡, 실패한 전술, 적응 같은 복합적인 문제가 있겠지만.

원지석은 그 이유를 그들의 자만심으로 꼽았다.

"자기 잘난 맛에 사는 자만덩어리. 그게 너희들이지."

1년 전.

UEFA 네이션스 리그에서 있었던 스위스와의 경기가 대표적이었다.

어슬렁어슬렁 움직이며 공이 오기만을 기다리고, 역습을 당할 때는 멍하니 지켜만 보기만 하던 녀석들을.

굳이 예전 자료를 뒤적거릴 필요도 없이 당시 웸블리에서 똑똑히 보았다.

"클럽과 국가대표는 다르다."

자기를 중심으로 짜인 전술에서만 뛰던 녀석들이 모이니, 그 시너지는 오히려 마이너스가 될 정도였다.

제2의 제임스.

제2의 앤디.

그런 게 다 무슨 소용인가.

이건 팀이라 할 수도 없다.

"내 말을 명심하지 않는 녀석은, 다음 A매치 소집 명단을 기대해도 좋아."

기대감에 눈을 초롱초롱 빛냈던 선수들의 얼굴이 굳었다.

슈퍼스타들의 자존심이 구겨진 것이다.

첫 만남부터 기분 나쁜 으름장을 놓다니.

어쩌면 당연한 반응이었지만.

전임 감독처럼 쉽게 생각해선 안 될 터였다.

원지석은 지금까지 매우 많은 슈퍼스타들을 다루었던 감독이다. 목줄을 풀기 위해 발버둥 친다면, 비위를 맞추는 게 아니라 그대로 목을 잘라 버릴 가능성마저 있다.

"목표는 내년에 있는 유로다."

이 오합지졸들로.

국민들을 만족시켜야 한다.

따라오기 싫다는 녀석을 억지로 데려갈 생각은 없었다.

바짝 긴장감이 든 상태로 훈련이 시작되었다.

"감독님."

"리암."

그때 누군가가 아는 척을 해왔다.

첼시의 유망주인 윌리엄으로, 애칭으로는 리암이라 불리는 청년이었다.

포지션은 미드필더로.

지난 시즌 트레블에 큰 활약을 한 녀석이었다.

리암만이 아니라 낯이 익은 녀석들이 있었는데, 바로 지난 시즌까지 직접 지도했던 첼시 녀석들이었다.

"무슨 일이니?"

"그냥요. 팀을 떠나신 이후로 첫 만남이니, 인사나 할 겸 왔죠."

리암이 너스레를 떨었다.

첼시에서도 라커 룸의 분위기 메이커였으니 반가운 마음에 그랬을 것이다.

다만 지금은.

타이밍이 좋지 못했다.

'다 보고 있군.'

시선을 느낀 원지석이 쓴웃음을 지었다.

아닌 척하면서도 첼시를 제외한 다른 소속 팀의 녀석들이 흘금거리며 보는 중이었으니까.

방금 그런 말을 했는데, 갑자기 분위기가 바뀐다면 잘못된 편견을 심어줄 수 있다. 우리는 잘했는데 연줄 때문에 밀렸다는 루머는 사절이다.

"음, 나중에 다시 올까요?"

"훈련이 끝난 뒤라면 좋겠지."

분위기를 읽은 리암이 머쓱한 얼굴로 볼을 긁적이자 원지석은 고개를 끄덕였다.

단순히 거기서 그치는 게 아니라 그는 첼시 선수들에게 충고를 해주었다.

모두가 듣도록.

"너희들도 여기가 코밤 훈련장이 아니라는 걸 기억해. 너희와 발을 맞추는 건 첼시 선수들이 아니라, 국가대표 동료들이니까."

그 무뚝뚝한 변화에 첼시 선수들이 혼란스러운 얼굴로 서로를 보았다.

한 사람을 제외한다면.

"네. 명심할게요."

리암이었다.

그는 원지석의 말이 무엇을 의미하는지 깨달았다.

단순히 첼시 선수들만이 아니라, 오늘 소집 명단에 뽑힌 모든 선수들에게 하는 말이라는 것을.

연줄도 특혜도 없다.

그들이 증명할 건 실력이었다.

"똑똑하구나."

"칭찬 고마워요."

하긴, 리암은 첼시에서도 상황을 이해하는 능력이 굉장히 좋은 편에 속했다. 그게 그라운드에서는 매우 좋은 오프 더 볼 능력이 되었고.

'이 녀석이라면 괜찮겠군.'

원지석은 리암을 긍정적으로 평가했다.

어떤 장점이 있는지는, 직접 가르친 그보다 잘 아는 사람은 없다.

기본적인 실력도 뛰어난 데다, 무엇보다 그 분위기를 이끌어 가는 능력은 라커 룸에서 강한 영향을 끼친다.

제각각 노는 슈퍼스타들을 하나로 이어준다면.

일 인분 그 이상의 역할을 해주는 거니까.

'그에 반해.'

다른 첼시 선수들에 대해선 정확한 판단을 보류했다. 첼시에서도 핵심이라 할 만한 녀석들은 아니었고, 전임 감독도 단순히 명성에 의해 뽑은 케이스에 가까웠기 때문이다.

"백업이면 나쁘지 않은 거 같네요."

"거기다 더 괜찮은 선수가 나오면 바꿀 수 있고."

그렇게 첫 훈련이 시작되었다.

우선 가볍게 발을 맞추고, 몸이 풀린 다음에는 팀 전술을 테스트했으며.

그다음은 팀을 나누어 미니 게임을 시작했는데, 훈련이 진행될수록 원지석의 얼굴은 점점 굳어지는 중이었다.

"흐음."

"저 새끼들, 싸우기라도 했나?"

케빈이 본인의 수염을 쓰다듬으며 중얼거렸다.

분명 같은 유니폼을 입고, 같은 팀으로 싸우고 있는데도.

어딘가 벽이 느껴지는 공간이었다.

감독 입장으로서는 굉장히 불쾌한 벽이.

"잉글랜드의 고질적인 문제네요."

쯧 하고 혀를 찬 원지석은 그 어색한 공간에서 눈을 떼지 않았다.

안 풀리는 팀의 전형적인 모습.

그때의 발렌시아와 근본적으로 다른 게 이거였다.

원지석이 막 부임했을 때의 발렌시아는 극심한 부진에서 벗어나지 못했지만, 선수들에게는 더 높은 곳으로 올라가겠다는 욕구가 있었다.

하지만 지금.

저 잉글랜드 유니폼을 입은 녀석들은.

서로가 서로를, 동료들을 견제하고 있었다.

"내분이나 다름없군."

리그에는 장점이지만, 국가대표로서는 고질적인 문제.

그건 바로 클럽 간의 경쟁의식이다.

삼 사자 군단보다 EPL을 더 신경 쓰는 사람이 많다는 건 단순히 팬들에 국한되는 이야기가 아니다.

선수 역시 그랬다.

2000년대의 삼 사자 군단이 대표적이었다. 훗날 은퇴를 한 램파드와 제라드, 그리고 퍼디난드는 당시 그때를 추억하며 입을 열었다.

'솔직히 말하자면 탁 터놓을 수 없었죠.'

'맞아요. 짧은 A매치 기간이 끝나면, 우리는 다시 치열한 리그로 돌아가니까요.'

'국가대표로서 뛰기 싫다는 말이 아닙니다. 무슨 말을 했다가 그게 부메랑으로 돌아올지 어떻게 압니까? 그랬기에 시선도 주지 않았어요.'

이번에도 마찬가지다.

시기에 따라 파벌은 나뉠지 몰라도.

지금처럼 훈련을 하면서 서로의, 동료의 눈치를 보는 일은 쭉 이어지지 않았는가.

밥을 먹을 때도 마찬가지였다. 원지석은 그제야 그 기묘한 기시감을 눈으로 확인할 수 있었다.

파벌은 크게 세 가지로 나뉘었다.

리버풀과 맨체스터 유나이티드, 그리고 첼시.

한 밥상 안에 세 개의 세력이 신경전을 펼쳤다.

"지금부터 미리 조치를 취하는 게 낫지 않을까?"

"조금만 더 지켜보죠."

원지석은 차게 식은 눈으로 그런 그들을 보았다.

어설프게 건드려 봐야 반발심만 커지고, 파벌끼리만 더욱 뭉치는 일을 초래할 뿐이다.

정확히.

실마리를 풀어낼 핵심적인 점을 찾아야 한다.

'첼시 쪽은 리암이고.'

그나마 붙임성이 좋은 리암이라 다행이었다. 서로를 보며 으르렁거리지 않는 건 녀석이 그 사이에서 중재를 잘했기 때문이리라.

원지석의 시선이 그 옆을 향했다.

맨유 선수들을 중심으로 모인 곳에는.

머리를 화려하게 꾸민 흑인 남자가 있었다.

'데니스 로저.'

올드 트래포트의 검은 화살.

포지션은 측면공격수로.

맨체스터 유나이티드의 상징적인 등번호인 7번을 받으며, 구단이 그에게 거는 기대감이 얼마나 큰지 알 수 있었다.

"음?"

눈이 마주친 데니스가 기분 나쁘다는 듯 얼굴을 구겼다. 아까 있었던 으름장에 적잖이 기분이 나빠진 모양.

보시다시피 멘탈이 좋진 않다. 아니, 리그에서도 꽤나 사고를 치는 녀석으로 유명했다.

어깨를 으쓱인 원지석이 그 옆을 보았다.

'이안 로버트.'

리버풀의 공격수로.

공을 다루는 스킬이 뛰어나, 일각에선 제임스의 재림이라 불리는 선수였다.

녀석은 원지석과 눈이 마주치자 묵묵히 고개를 끄덕이며 식사에 집중했다.

꽤나 감정 기복이 없는 녀석이었다.

다만 데니스를 향해선 경멸의 눈을 숨기지 않았다.

리버풀과 맨유의 라이벌 관계도 관계이지만, 둘 사이에도 개인적인 앙금이 있는 모양이었다.

'크게는 이 셋.'

이 세 명이 잉글랜드의 핵심 전력이지만, 데니스와 이안은 언제 터질지 모르는 폭탄들이었다.

아예 하나를 버리고 가든지.

아니면 확실히 다루든지.

원지석으로선 그런 선택을 해야만 한다.

「[BBC] 안방으로 미국을 불러들이는 잉글랜드!」
「[스카이스포츠] 데뷔전을 준비하는 원지석!」

첫 평가전은 미국과의 경기였다.

그가 감독으로 앉는 조건이 쓸데없는 원정을 떠나지 않는 것인 만큼, 조금 더 저렴한 가격에 미국과의 평가전을 웸블리에서 잡은 것이다.

살짝 부족한 부분은 경기장 티켓 수익료와 중계권에서 충당할 축구협회였다.

─잉글랜드의 라인업을 살펴보도록 하죠.
─전임 감독과 크게 다른 것은 없는 라인업이네요?
─하지만 감독이 다르죠.

잉글랜드는 4231 전술을 준비했으며.

최전방에 이안 로버트를.

측면공격수 자리엔 데니스 로저를.

중앙미드필더로는 리암을 놓았다.

첫 평가전인 만큼 세부적인 디테일까지 따질 시간은 없었다. 그래도 무언가 다르다는 것을 보여줘야 할 경기였다.

삐이익!

대망의 휘슬이 울렸고.

잉글랜드, 아니, 모든 축구 팬들이 주목하는 경기가 시작되었다.

「[BBC] 한 골을 넣고 퇴장당한 데니스!」
「[스카이스포츠] 분노한 원지석! 데니스를 겨냥하다!」

골과 레드카드.
경기는 데니스란 인간이 어떤 선수인지, 원지석에게 확실히 알려준 경기가 되었다.

*　　　　*　　　　*

─리암! 리암이 공을 뺏습니다!
─그대로 스루패스를 찌르는 리암! 좋은 패스군요!

리암의 흑발이 휘날렸다. 본래는 금발이지만, 감독님을 존경한다며 머리를 물들인 녀석은 원지석이 팀을 떠났음에도 그 색을 유지하는 중이었다.

원지석 역시 자신을 잘 따르는 리암을 아꼈다.

그가 평하길.

앤디와 킴을 합친 것 같은 녀석.

즉, 공수 양면으로 뛰어나단 소리였다.

비록 그들만큼 환상적인 패스를, 수비 가담을 보여주진 못해도 큰 안정감을 준다. 감독으로서는 매우 든든한 선수였다.

리암의 패스가 전방으로 향했다.

이를 받은 이는 매우 짧게 깎은 머리에 새긴 스크래치가 인상적인 녀석이었다.

―이안! 이안 로버트가 공을 받습니다!

―공을 받자마자 속도로 수비수를 따돌렸어요!

이안 로버트.

제2의 제임스라 불리는.

리버풀의 특급 재능.

물론 그런 수식어가 붙는 경우는 대부분 유망주지만, 이안은 뛰어난 잠재성을 보여주며 리버풀의 공격을 책임질 거란 기대를 모았다.

간결한 터치와 폭발적인 스피드로 역습의 선봉장이 된 그는 미국의 수비 라인까지 돌격했고.

포백을 보호하던 수비형미드필더가 태클을 했을 땐, 정확한 타이밍에 측면으로 넓게 공을 찔렀다.

―이안의 패스가 측면으로 넓게 벌려집니다!

―공을 받는 사람은! 데니스! 데니스 로저!

검은색 피부에는 문신이 가득하고.

머리 스타일 역시 꽤나 독특해 본인의 개성을 뚜렷하게 나타내는 녀석이었다.

그런 데니스가.

화려한 스킬과 함께 미국의 측면을 흔들었다.

—갈 듯 말 듯 한 데니스! 그대로 안쪽을 향해 돌파합니다!

—순간적으로 여러 개의 개인기가 쓰였네요. 이걸 뭐라 해야 할까요, 데니스 턴?

—워낙 변칙적인 개인기를 쓰는 선수니까요. 아! 말을 하는 순간 반대쪽 측면에 자리가 생겼어요!

미국의 수비 라인이 데니스 쪽으로 쏠리는 순간, 그 반대쪽 측면에 공간이 나왔다. 잉글랜드의 오른쪽 윙어가 침투를 하기 아주 좋은 상황.

그럼에도 데니스는.

오직 자신만의 길을 갔다.

"저 새끼가."

그 모습에 원지석이 무심코 욕설을 터뜨렸다. 분명 훈련장에서 하지 말라고 경고했던 장면이었다.

검은 화살이라는 별명답게.

녀석은 시위를 떠난 화살처럼 멈추지 않았다.

—계속해서 돌파하는 데니스! 엄청난 드리블입니다!

마치 영화 속 한 장면처럼 수비수 한 명, 두 명이 차례대로 떨어져 나갔다.

페널티에어리어까지 침입한 데니스는 자신의 앞을 막아서는 센터백을 확인했고, 그대로 낮은 슈팅을 깔아 찼다.

—고오올! 골입니다 골! 선제골을 뽑아내는 잉글랜드!
—선제골의 주인공은 바로 데니스 로저입니다!

강한 슈팅이 아니었다.

패스를 흘리듯 가볍게 찬 슈팅은 골문 구석을 향해 부드럽게 휘었고.

골키퍼가 뒤늦게 몸을 던졌지만, 한 박자 빠른 슈팅은 결국 골 망을 출렁이고 말았다.

와아아!

웸블리에 모인 홈 팬들이 데니스의 환상적인 골에 환호를 보냈다. 만약 실패를 했다면 죽일 놈의 역적이 됐겠지만, 결국 환상적인 골을 만들지 않았는가.

하지만 원지석의 표정은 그리 밝지 못했다.

그럴 수밖에.

저렇게 자신을 보면서.

어떠냐고 묻는 듯 고개를 갸웃거리는 데니스와 눈을 마주치고 있다면 말이다.

"골치 아픈 놈일세."

안경을 고쳐 쓴 원지석이 쓴웃음을 지었다. 라이프치히 시절에 지도했던 벨미르의 반항심과는 다르다. 저건 자기가 감독보다 더 위라는 자백이었으니까.

좀 더 단순히 말하자면.

어린 시절의 교정이 되지 않은 제임스가.

자신을 만나지 못하고 성장한 모습에 가까웠다.

"제임스와 만나면 재미있겠네."

"개판이 되겠죠."

"그게 재미있는 거야."

옆에 있던 케빈이 킬킬거리며 웃었다.

턱을 긁적이며 데니스를 바라보는 모습이, 또 무슨 이상한 짓을 꾸미나 싶었다.

어깨를 으쓱인 원지석이 데니스에게서 눈을 떼지 않았다.

목줄을 채울 수만 있다면 더없이 좋을 사냥개지만, 글쎄. 이런 놈이 까다로운 이유는 다른 게 아니다.

통제가 되지 않는 미친개라 하더라도 사냥 실력이 뛰어나다면, 국민들은 왜 저 미친개를 뽑지 않았냐는 간섭을 할 게 분명했다.

어쩌면 그걸 빌미로 자신을 압박할지도 몰랐고.

"내 골 봤어? 감상은?"

"꺼져, 좋은 말 할 때."

"골 넣어서 좋을 때인데 왜 너희들끼리 싸우고 있냐."

조롱하는 데니스를 보며 이안이 얼굴을 구겼고, 으르렁거리는 둘을 리암이 중재했다.

잠시 서로를 노려보던 둘은 이윽고 각자의 자리로 돌아갔으며.

리암은 그제야 한숨을 쉬었다.

잉글랜드의 고질적인 문제를 단편적으로 보여준 장면이었다. 이 둘은 그 라이벌 의식을 넘어, 개인적인 앙금까지 섞인 편에 속했지만.

─잉글랜드가 무난하게 경기를 리드하고 있군요?

─네. 원지석 감독의 효과라 부르기엔 너무 이르고, 전임 감독의 경질이 영향을 끼치지 않았나 싶어요.

미국은 약팀이 아니다.

자국 리그를 개편하면서까지 체질 개선에 성공했고, 지금은 남미 팀들마저 우습게 보지 못하는 팀이 되었다.

즉, 평가전이라 해도 유럽 팀을 상대로 자신을 시험할 것이기에 절대 대충 뛰진 않을 터였다.

"역시."

원지석은 그라운드를 보며 혀를 찼다.

기이한 기시감을 이제야 확신할 수 있었다.

"다들 제임스와 앤디를 닮았네요."

잉글랜드의 플레이에선 알게 모르게 녀석들의 느낌을 받았다.

이안, 심지어 그 데니스에게서도 말이다.

잉글랜드에선 당연하다면 당연하겠지만.

저 녀석들은 전 세대를 대표했던 제임스와 앤디의 플레이를 보며 자라온 녀석들이다. 그중에서 둘의 플레이를 참고하고, 따라 하지 않은 사람은 없다고 봐도 좋았다.

"지난번에 잉글랜드의 경기를 봤을 땐 이런 느낌이 심하지 않았는데."

"새로운 감독과의 첫 경기라고 잔뜩 힘을 준 거겠지. 자신을 각인시켜 확실한 자리를 잡겠다는."

다른 녀석들과의 경쟁심과는 별개로.

유로는 최고의 축구 대회 중 하나니까.

애국심이 투철한 녀석이라도, 그렇지 못한 녀석이라도 국가 대표 유니폼을 입은 이상 한 번쯤은 뛰고 싶은 무대였다.

쓰읍, 케빈이 혀를 찼다.

문제는 그 이질감에 있었다.

"불쾌한 골짜기야."

마치 사람의 흉내를 잘 내는 로봇을 보는 것처럼.

저들이 보여주는 플레이 자체는 훌륭했어도, 무언가 어색하단 느낌을 감추지 못했다.

─아! 옐로카드!

─데니스가 옐로카드를 한 장 더 받는군요! 레드카드가 꺼내집니다!

퇴장이 나온 것은 그때였다.

오늘 경기 내내 경합한 미국의 풀백이 거친 태클과 함께 공을 뺏어내자, 복수를 하듯 위험한 태클을 시도한 것이다.

퇴장을 당한 데니스는 자신의 옷에 붙은 잔디를 털어내며 여유롭게 걸었다.

그러면서 원지석에게 한쪽 눈을 찡긋거리고선 라커 룸을 향했는데, 역시 아무런 자책감도, 책임감도 느끼지 못한 모양이었다.

"환상적이네."

원지석은 가라앉은 눈으로 그 뒷모습을 좇았다.

오늘 경기를 통해 데니스란 녀석이 어떤 녀석인지에 대해선 잘 알았다.

경기 자체가 녀석에 대한 요약본이나 마찬가지였으니.

저건 제임스처럼 손잡이가 없는 칼날 수준이 아니라, 치명적인 독극물이라는 걸. 까딱하면 그 독성은 감독만이 아니라 팀 전체를 위협할 터였다.

"어디서 저런 놈이 나와서."

원지석의 쓴웃음과 함께.

삐이익!

경기가 종료되었다.

퇴장에도 불구하고 잉글랜드는 승리를 거두었지만, 원지석의 얼굴은 그리 밝아 보이지 않았다.

앞으로 생각할 일이 더욱 많아졌으니까.

당장 정하기에도 민감하고.

오래 끌어서도 좋을 게 없는 복잡한 문제였다.

「[BBC] 쓸데없는 파울로 팀을 위기에 빠뜨린 데니스!」

「[스카이스포츠] 원지석, 데니스는 훈련장에 남는다」

퇴장으로 다음 경기를 뛰진 못하더라도, 원지석은 데니스에게 팀에 남을 것을 지시했다.

우선 팀 동료 간의 호흡은 맞춰야 하지 않겠는가. 다음 경기인 덴마크전에서는 관중석에서 경기를 지켜볼 예정이었다.

"아니, 그러니까 그렇게 하면 안 된다고!"

코치들의 지적에도 선수들, 그것도 스타 선수들은 시큰둥한 얼굴로 고개를 끄덕였다.

모든 선수들이 그런 건 아니지만.

자기가 최고라 믿는 우물 안 개구리들에게 코치의 조언은 쉽게 닿지 못했다.

원지석은 그런 녀석들을 하나하나 체크했다. 다음 A매치 명단에선 빠질 확률이 높은 이름들이었다.

"내 말만 들어서는 안 돼."

모든 것을 감독이 담당할 수는 없다. 그렇기에 디테일한 부분은 코치들에게 의지했는데, 그런 코치들을 무시하는 건 정신을 못 차렸다는 거다.

"저 녀석이 문제인데."

그는 턱을 괴며 한 녀석을 보았다.

데니스 로저.

잉글랜드의 핵심 플레이어이자, 문제아.

왜 그런 거지 같은 멘탈을 가졌음에도 맨유에서 굳이 7번이란 등번호를 주었는지.

그 재능을 보자면 이해가 갔다.

만약 정신만 똑바로 차린다면 제임스에 가장 가까운 재능일 터.

하지만 특유의 안하무인적인 태도는 팀에 있어 마이너스일 뿐인 요소다. 심각하면 감독의 권위가 흔들릴지도 몰랐고.

거기다 사생활 역시 오르텐시오에 버금갈 만큼 지저분한 녀석이기에 안팎으로 잡음을 만들 트러블 메이커였다.

"하지만 저 녀석이 전력의 반절인 것도 사실이지."

"네. 그렇죠."

케빈의 말에 원지석이 복잡하다는 듯 안경을 벗었다.

그야말로 현 골짜기 세대를 대표하는 녀석이었다. 만약 데니스가 아니었다면 잉글랜드는 더욱 추락했을 테니까.

"아까워."

더 일찍 만났다면 확실히 사람으로 만들어줬을 텐데.

괜히 입맛을 다신 원지석은 다음 경기를 준비했다.

다가올 덴마크전.

그 경기가.

오히려 새로운 판을 짜기 좋을 때일지도 몰랐다.

―토비아스의 추가골!
―덴마크가 다시 한번 앞서 나가는군요!

하지만 그게 말처럼 쉬운 일은 아니었다.
핵심 플레이어의 공백은 여실히 드러났으며.
덴마크의 골과 함께 화면은 관중석에서 웃고 있는 데니스의
모습을 잡았다.
많은 걸 의미하는 장면이었다.

「[BBC] 잉글랜드, 석패!」
「[스카이스포츠] 데니스에 대해 고민에 빠진 원지석!」

결국 덴마크와의 경기는 2 : 1로 잉글랜드가 패배했으며, 언
론들은 이 경기에 대해 많은 것을 떠들었다.
아이러니하게도 가장 많이 언급된 이름은, 정작 경기에선 뛰
지도 않았던 데니스였다.
지금까지 감독의 권위에 도전하는 녀석은 슈퍼스타라 해도
내쳤던 원지석이었기에, 이번엔 어떤 선택을 할지 주목을 받았
다.
"최선의 방법을 생각해야죠."
새로운 선수를 발굴하거나.

조건이 맞을 경우엔 다른 국적의 선수를 귀화시키는 방법도 있었고.

데니스를 계속해서 안고 가는 방법도 있었다.

물론 원지석이 목줄을 쥐는 데 성공하든, 실패하든 말이다.

"새 팀을 짤 겁니다."

원지석의 말에 사람들은 그게 선수단 개편을 의미한다고 생각했지만, 단순히 그것만이 아니라는 걸 깨닫기까지는 그리 오래 걸리지 않았다.

「[오피셜] 제임스, 앤디, 킴은 잉글랜드 코치로 합류합니다」

익숙하면서도 그리운 얼굴들이.

이번엔 선수가 아니라 코치들로서 합류하게 된 것이다.

변화는 지금부터였다.

58 ROUND
저니맨

「[BBC] 원지석, 새로운 팀을 꾸리겠다」

「[스카이스포츠] 잉글랜드에서 다시 뭉친 원지석의 아이들!」

사람들에겐 감회가 새로울 장면이었다.

지난 세대를 대표했고.

지금은 축구화를 벗은 전설들이.

다시 한번, 원지석과 호흡을 맞추게 되었으니까.

"귀찮은데."

잉글랜드의 새로운 유니폼을 입고선 사진을 촬영한 제임스가 투덜거렸다. 솔직히 말하자면 코치로 합류하는 것을 내켜하지 않았던 제임스였다.

"그렇게 싫었으면 거절하든가."

"아니, 그런 말을 들었는데 어떻게 거절해."

킴의 핀잔에 녀석이 얼굴을 구겼다.

발단은 자서전이었다. 원지석과의 일화 중 재미있었던 일화를 풀었는데, 하필이면 거기서 약점을 잡힌 것이다.

'재미있는 걸 썼던데.'

'아니, 욕은 안 했잖아요?'

'그래서 나도 재미있는 걸 좀 써볼까 해. 슈퍼스타 제임스의 은밀한 배설이라니, 괜찮은 제목이지?'

'아, 제발!'

그때의 일을 떠올린 제임스가 한숨을 쉬었다. 국민적인 스타가 경기를 뛰다가 지렸다는 사실이 알려지기라도 하면, 그 여파는 상상하기도 싫었다.

"하하, 기운 내."

쓴웃음을 지은 앤디가 위로를 건넸다.

나이를 먹었음에도 그 티가 나지 않는 녀석이었다. 외모까지 금수저를 문 치사한 녀석이었다.

제임스는 괜히 입술을 삐죽 내밀었다.

"이건 너희들에게도 책임이 있어."

"지랄한다."

의미 없는 투덜거림을 킴이 시큰둥하게 받아쳤다.

제임스와는 달리 두말 않고 코치 팀에 합류한 둘이었다. 그렇기에 더욱 비교가 되었고.

"너희들은 참, 변한 게 없구나."

마지막으로 촬영을 끝낸 원지석이 그런 녀석들을 보며 고개를 저었다.

현역 시절에도 크게 다르진 않았다.

그라운드 안에서 제임스가 무슨 사고를 치려는 순간엔, 킴이 나서서 막았으니까.

"그런데 정말 우리가 필요하긴 합니까?"

킴이 머리를 긁적이며 물었다.

예전에 코칭을 받은 경험이 있기에 안다.

원지석 사단, 그러니까 현 잉글랜드의 코치진은 최고라는 걸. 그에 반해 그들은 이제 막 코치 라이센스를 얻은 애송이들이었다.

그 역시 원지석의 제의를 승낙하긴 했지만, 자신이 무엇을 할 수 있을지에 대해선 확신하지 못했다.

"물론이지. 괜히 너희들을 부른 건 아니야."

유니폼을 벗은 원지석이 셔츠를 꺼냈다.

마흔 후반에 가까운 나이임에도 군살 하나 없는, 관리가 완벽한 몸이었다.

와이셔츠의 단추를 잠그고.

마지막으로 넥타이까지 체크한 그가 입을 열었다.

"아무리 뛰어난 코치라도, 선수가 제대로 듣지 않으면 의미가 없거든."

　물론 대부분의 선수들은 코치들의 말을 받아들였지만.

　지금까지 전혀 다르게 훈련하고, 자존심이 강한 선수들은 잠깐 듣는 척을 하고 말 뿐이었다.

　대충 비위를 맞춰줄 생각이겠지만.

　감독의 눈에는 그게 뻔히 보인다.

　"하지만 너희들은 다르지."

　그게 선수들이 우러러 보는 전설이라면, 어릴 때부터 우상으로 삼았던 존재라면 이야기가 다르다.

　실제로 그런 전례가 있기도 하고.

　원지석은 지단을 떠올렸다.

　지네딘 지단.

　레알 마드리드의 전설.

　슈퍼스타들이 즐비한 레알 마드리드의 특성상, 감독의 입지는 매우 적을 수밖에 없다. 수많은 감독들이 선수들에게 지지를 받지 못하며 쫓겨나듯 경질되었지만, 지단은 달랐다.

　한 시대를 풍미했던 그는 슈퍼스타들마저도 존경하는 전설이었고.

　선수 시절부터 카리스마로 유명했던 지단은 감독으로서도 선수단을 장악하며, 훌륭한 커리어를 쌓았다.

　"그런 것처럼 코치들이 해주는 말보단, 너희가 해주는 조언이라면 두말 않고 고개를 끄덕일걸."

　"말처럼 쉬울까요?"

"처음부터 모든 걸 맡길 생각은 아니야. 우선 코치들을 보조하면서, 녀석들의 생각을 돌리라는 거지."

원지석이 그들에게 기대하는 점은 선수들의 존경심이었다.

다음 A매치 소집 기간은 10월.

그때까지는 기존 코치들에게 배우며 팀에 적응하도록 하고, 본격적인 업무도 선수들이 소집될 때부터였다.

"그런데 킴, 아이는 어때?"

"뭐, 건강해요."

원지석의 물음에 킴이 쓴웃음을 지었다.

루이스 드와이트.

이제 여섯 살이 된 그의 아들이다.

"괜찮겠어?"

그런 걱정이 나오는 건 다른 이유가 아니라, 킴이 이혼남이기 때문이었다. 헤어진 이유도 굉장히 간단했다. 성격 차이. 지금도 친구로 지낸다고 했던가.

원지석으로선 굉장히 건조하다고 느껴진 결말이었다.

뭐, 아들인 루이스에게는 부모 모두 신경을 써주는 거 같으니 다행이지만.

"어머니도 손자랑 노는 게 적적하지 않아서 좋다고 하시더라고요."

킴이 머리를 긁적였다.

보통은 그가 아이를 돌보지만.

만약 집을 비울 일이 있을 때는 어머니가 루이스를 돌봐주는 편이었다.

더군다나 일주일의 반은 아이의 엄마가 맡기 때문에, 손을 많이 빌리는 편도 아니었고.

"신경을 자주 써줘. 바쁘다고 한눈을 팔면 아이는 어느새 훌쩍 커져 있으니까."

"그럴게요."

뭐, 엘리의 무심한 눈을 생각하면 딱히 조언을 할 처지는 아닌 원지석이었다.

그걸 킴도 알고 있었기에.

두 남자는 서로를 보며 쓰게 웃었다.

"뭔데 그렇게 궁상을 떨어요?"

"아니, 어쩌면 네가 제일 낫다 싶어서."

고개를 갸웃거리는 제임스를 보며 원지석이 어깨를 으쓱였다. 팔불출이지만 그만큼 딸인 엠마와는 잘 지내고 있는 제임스였다.

"그런데 라이언은요?"

거인의 모습이 보이지 않자 앤디가 눈을 끔뻑이며 물었다. 원지석의 아이들 중 하나가 보이지 않았다.

"제의는 했는데, 은퇴를 하고 싶은 생각이 없나 봐."

아직 미국에서 현역 생활을 이어가는 라이언이었다.

그 피지컬은 아직 죽지 않아서, 처음에는 미식축구에서 영입 제의를 했을 정도라니까.

대충 정리를 끝낸 원지석은 짐을 챙기고선 걸음을 옮겼다.

다음 10월 A매치 소집까지.

할 일은 많았다.

＊   ＊   ＊

"사실 애들을 가르치는 거 자체는 어렵지 않아요. 문제는 그게 꼭 정답이 아닐 때가 많다는 거죠."

"그래요?"

머리가 정수리까지 후퇴한 코치의 말에 앤디가 고개를 갸웃거렸다.

모순적인 조언이 알쏭달쏭한 모양이다.

현재 그를 포함한 새로운 코치들은 실전에서 써먹을 간단한 팁이나, 주의해야 될 걸 교육받는 중이었다.

"예. 앤디도 그렇죠? 만약 그때 원 감독님이 아니었으면, 앤디의 장점은 아무도 몰랐을 거예요."

함께했던 시간이 긴 만큼 코치들도 그들의 일화 정도는 알고 있었다.

유소년 테스트 때부터 큰 충격을 선사한 제임스와는 그 경우가 달랐다.

학교가 끝나고 꼬박꼬박 얼굴을 비추었던 풋볼 아카데미에선, 의욕은 뛰어나지만 그 재능은 부족하다는 평가를 받던 게 앤디였으니까.

만약 그 찰나의 순간.

원지석이 무언가를 느끼지 못했다면.

앤디는 지금까지와는 전혀 다른 인생을 살고 있을 터다.

"그런 것처럼 감독이나 코치의 조언 하나가 선수의 인생을 바꿀 수도 있는 거죠."

플레이 스타일, 혹은 포지션을 바꾸거나.

그런 변화에 따라 성공한 케이스가 있다면, 반대로 처참하게 실패한 케이스 역시 적지 않다.

코치는 앤디에게 그 무거움을 알려주고 싶었다.

"뭘 어렵게 그러냐, 대머리."

"아니, 케빈! 지금 중요한 이야기 중이잖아요! 그리고 대머리 아니라고 몇 번을."

"시끄러. 뭘 시작부터 부담을 팍팍 주고 있어."

쉭쉭 대머리 코치를 내쫓은 케빈이 한숨을 쉬며 머리를 긁적였다.

저 녀석은 너무 진지해서 탈이었다. 이제 걸음마를 떼려는 녀석한테 운전하는 방법을 알려주고 있으니.

"어차피 처음엔 우리들 옆에서 보조만 하면 되니까 크게 긴장할 필요는 없어."

"네."

고개를 끄덕인 앤디가 쓴웃음을 머금었다.

그러면서 주위를 둘러보았는데, 마찬가지로 다른 코치들에게 이것저것 설명을 듣는 킴과 제임스의 모습이 보였다.

하지만 한 사람이 보이지 않자.

앤디는 고개를 갸웃거리며 물었다.

"감독님은요?"

"원이라면 스카우트 팀을 만나러 갔어."

"스카우트 팀이요?"

처음 듣는 소리에 앤디가 눈을 동그랗게 떴다.

국가대표팀은 클럽과는 달리 스카우트 팀을 꾸리는 곳이 매우 적었다.

비교적 여유로운 시간 동안 코치들이 상대 팀에 대한 분석 업무를 하거나, 예산이 기하급수적으로 올라가기 때문이다.

"뭐, 그렇지."

하여간 까다롭다니까.

케빈이 어깨를 으쓱일 때.

원지석은 스카우트 팀과 이야기를 나누고 있었다.

"원! 오랜만이군요!"

"간만이네요, 스벤. 은퇴 생활은 어때요?"

"평생 세상을 돌아다녔으니, 이제는 얌전히 집에만 있죠."

런던 어딘가에 있는 찻집.

악수를 하며 웃음을 터뜨린 스벤은 머리에 백발이 성성한 노인이었다.

이 사람이 라이프치히의 스카우트 팀을 이끈 사람이자, 레드 불 프로젝트를 이끌었던 핵심.

그 말처럼 평생을 선수를 발굴하기 위해 세계를 돌아다녔지만.

나이가 들며 한계를 느끼고선 현역에서 물러난 스벤이었다.

보통은 여유롭게 해외여행을 다니거나 할 텐데, 더 이상 비행기를 타기 싫다며 얌전히 정원을 가꾸는 건 직업병에 가까운 비애일까.

"여기까지 와주셔서 감사해요."

"뭘요. 가끔은 바람도 쐬고 그래야죠."

그런 노인은 원지석의 부름에 두말 않고 와주었다. 은퇴 이후엔 런던에서 살고 있다는 게 가장 컸다.

"그래서 무슨 일로 부르셨습니까?"

"도움이 필요해요."

서로의 성격은 잘 알았다.

바로 본론을 꺼낸 스벤의 물음에.

원지석 역시 목적을 전달했다.

"도움이요? 하지만 전 현역에서 물러난 지 오래된 늙은이인걸요."

"최신 자료가 필요하진 않아요. 제가 원하는 건 당신의 눈이니까요."

눈.

지금까지 많은 선수를 찾아낸 안목.

그 벨미르와 브레노를 발굴했던 사람이라면, 의심할 여지는 없다.

생각보다 심적인 동요가 있었는지, 스벤은 괜히 찻잔을 만지작거리다 한숨을 쉬었다.

"구체적으로 무슨 도움이 필요하죠?"

"내년 유로까지 쓸 만한 선수들을 최대한 빨리 찾아야 합니다."

"흐음."

어려울 건 없는 이야기였다.

뭐, 이곳저곳 돌아다니기 위해 바빠지긴 하겠지만 말년에 괜찮은 여흥이 되지 않겠는가.

"그럼 잉글랜드 FA의 제의를 기다리죠."

"아니요, 이번 계약은 잉글랜드와의 계약이 아닙니다."

이건 또 무슨 소리인지.

스벤은 원지석을 보며 눈을 끔벅였다.

그는 테이블 위에 있던 냅킨을 하나 꺼내고선 노인의 앞에 내밀었다.

"저와 당신의 계약이죠."

"…제 급료를 당신이 지불하겠다는 뜻입니까?"

"네. 괜히 예산으로 입씨름을 하기도 싫고, 스벤이 할 일은 쌓여 있으니까요."

노인은 냅킨에 볼펜으로 간이 계약서를 만드는 원지석을 보며 웃음을 터뜨렸다.

여전하구나. 이 감독은.

간만에 그때로 돌아간 기분이 느껴졌다.

"저 말고 다른 스카우트 팀이 있습니까?"

"새롭고, 그리운 얼굴들을 보실 수 있을 겁니다."

"이거 참."

볼펜을 건네받은 스벤이 냅킨에 사인을 휘갈겼다. 그러고 보니 브레노와의 계약도 이런 식이었나.

브라질에서 있었던 냅킨 계약 일화 떠올린 그는 이윽고 고개를 끄덕였다.

"좋습니다. 어디 한번, 찾아보죠."

진흙 속에 숨겨진 진주를.

*　　　　*　　　　*

스카우트 팀을 꾸린 원지석은 곧바로 그들을 소집했다. 자리에 모인 사람은 세 명.

한 명은 스벤이었고.

나머지 두 명은 스벤으로선 처음 보는 사람들이었다.

"이쪽은?"

"차례대로 맷과 데이브입니다. 잉글랜드 쪽으로는 누구보다 빠삭한 사람들이에요."

"반갑군요. 스벤입니다."

스벤이 그들과 악수를 나누며 고개를 끄덕였다.

눈이 좋은 늙은이와 두 명의 정보통이라.

나쁘지 않았다.

"여기에 그 녀석까지 해서 다섯이라."

그 녀석이란 케빈을 뜻했다. 지금은 따로 할 일이 있다고 자리를 비웠는데, 나중에 합류한다고 하니 걱정할 필요는 없을 터였다.

"그래서 첫 업무로 뭘 하면 됩니까?"

"먼저 이걸."

가방을 뒤적거린 맷이 두터운 종이 뭉치를 꺼냈다.

사람당 하나씩 주어진 자료에 스벤은 손끝을 혀로 축이며 첫 장을 넘겼다.

아무리 기술이 발전한다고 한들, 이 종이를 넘기는 감촉은 어떤 디스플레이도 따라오지 못할 것이다.

자료에는 수많은 선수들의 정보가 담겨 있었다. 누구나 알 법한 선수들부터, 하위권의 에이스들까지. 종이를 스르륵 넘기던 스벤이 어깨를 으쓱이며 물었다.

"이 사람들을 전부 다 찾아가 볼 겁니까?"

"현실적으로는 불가능하겠죠. 우선 필요한 선수들부터 체크할 생각입니다."

"말이 한 달이지, 사실상 보름 정도군요."

종이 뭉치를 손등으로 때린 노인이 생각보다 촉박한 시간에 혀를 찼다.

길게는 올해 안에 스쿼드를 완성해야 했고.

짧게는 10월 A매치에 시험해 볼 선수들을 뽑아야 한다.

또 소집 명단을 준비하는 시간까지 생각한다면 보름도 넉넉하게 잡은 거였다.

"새로운 유망주를 발굴하는 게 아니니까요. 복잡할 건 없을 겁니다."

"그건 그나마 다행이군요."

클럽이었다면 마음에 드는 선수가 있어도 영입되지 않는 경우가 빈번했다. 이적료나 선수가 원하는 조건에서 이견이 갈릴 때가 많기 때문이다.

반대로 국가대표팀은 그 선수가 국적을 바꾸지 않는 이상 차출이 가능하다. 즉, 해당 국가에 슈퍼스타가 넘친다면 그만큼 스쿼드를 구성하기가 여유로웠다.

다만 원지석은.

꼭 빛나는 선수들만을 뽑을 생각은 없었다.

"명성은 상관없어요. 자신의 가치를 증명한 선수라면 기회를 줄 겁니다."

5년 뒤에 있을 월드컵이 아닌.

그들의 목표는 당장 내년에 있을 유로다.

차근차근 준비하기보다는 준비를 빠르게 끝마쳐야 할 상황.

어떤 슈퍼스타라 해도.

자신이 삼 사자 군단의 유니폼을 입어야 될 가치를 증명하지 못한다면, 결국 그라운드가 아닌 집에서 경기를 보게 될 거다.

"우선 수비 라인부터 손보도록 하죠."

원지석은 잉글랜드가 개선해야 될 점으로서 가장 먼저 수비를 꼽았다.

지난 덴마크와의 경기가 대표적이었다.

평범한 상황은 무난하게 막아내더라도, 갑작스레 찾아온 위기에는 흔들리는 모습을 보였으니까. 실점은 덤이었고.

좀 더 단단한 벽이 필요하다.

어지간해선 흔들리지 않을 성벽을.

그는 자신을 바라보는 스카우트 팀에게 말했다.

"경험이 풍부한 수비진이 필요해요."

"노장 선수들을 말하는 겁니까?"

"꼭 늙을 필요는 없어요. 새로운 파트너와 뛰어도 금세 호흡을 맞출 사람이 필요한 거지."

누군가는 화려한 스포트라이트 속에서 살아가지만, 그 빛이 닿지 않는 곳에서도 잡초는 자라게 마련. 원지석이 말하는 이는 그런 이들이었다.

"진흙 속을 뒤지러 갑시다. 진주가 나올지, 뭐가 나올지는 봐야 알겠지만."

아무것도 나오지 않는다면.

그때는 벽돌이라도 굽는 수밖에.

*   *   *

"이런 젠장, 스벤!"

"오랜만이군!"

케빈이 스벤과 격한 악수를 나누었다. 이렇게 만나는 건 몇 년 만이었더라. 라이프치히 시절에는 퍽 죽이 맞았던 둘이었다.

꽤나 오랜만에 본 인연이니 더욱 반가웠다.

"아니, 잉글랜드 음식이 입에 맞는 거야? 왜 이렇게 후덕해졌어?"

"식재료엔 문제가 없으니까."

"맞아. 식재료에는 문제가 없지. 외국인 식당도."

예전엔 꽤나 바쁘게 돌아다니면서 살이 잘 찌지 않았던 스벤이었지만, 활동량은 줄고 먹는 것은 비슷하니 자연스레 뱃살이 늘어날 수밖에 없었다.

"살이야 금방 빠질 거니까. 일단 늦기 전에 가지."

현재 그들이 있는 곳은 세인트 제임스 파크.

뉴캐슬 유나이티드의 홈으로, 오늘은 홈경기가 열림에 따라 매우 많은 팬들이 경기장을 찾았다.

그 인파를 뚫고서.

안전 요원의 확인을 마지막으로 둘은 문을 열었다.

"왔어요?"

"꽤나 깐깐하게 체크하더라고."

"뭐, 최근에 그런 일이 있었으니까요."

뉴캐슬 팬들의 응원 문화는 잉글랜드에서도 꽤나 과격한 편에 속했다.

그러다 지난 시즌 도중.

뉴캐슬이 오심으로 패배를 당하는 일이 있었고.

하필이면 상대 팀의 회장이 VIP룸에서 조롱을 하는 모습이 중계 카메라를 통해 그대로 전해졌다.

결국 화가 난 서포터즈가 농성을 벌였고, 살벌했던 공성전은 회장의 사과로 마무리됐다.

그 결과 징계를 받을 위기에 놓인 뉴캐슬은 구단 차원에서 사과문과 함께 보안을 더욱 강화할 것을 약속했으며, 오늘의 간간한 절차도 거기에서 비롯되었다.

"준비 끝났습니다."

카메라를 설치한 맷과 데이브가 배터리를 확인하고선 고개를 끄덕였다.

이제 경기가 시작되기만을 기다리면 되는 상황.

원지석은 안쪽 주머니에서 작은 병 하나를 꺼내고선 뚜껑을 열었다.

"뭐야, 그건. 약?"

"보충제요."

"언제부터 그런 걸 챙겼다고?"

"그냥, 그럴 나이가 된 거죠."

짜게 식은 케빈의 시선에 원지석이 어깨를 으쓱였다.

알약 하나를 삼킨 그는 뚜껑을 닫고선 다시 품 안에 넣었고.

케빈이 무어라 입을 열려고 할 때, 터널을 통해 양 팀의 선수들이 입장했다.

홈팀은 뉴캐슬.

원정팀은 에버튼이었다.

양 팀 모두 시즌 초반인 만큼, 확실히 치고 나가기 위해 최선을 다할 터다.

"저 녀석들인가."

스벤이 턱을 괴며 그라운드를 내려다보았다. 오늘 그는 뉴캐슬의 오른쪽 풀백을 보러 왔지만, 단순히 그 하나만을 보진 않을 것이다.

삐이익!

경기가 시작되었다.

―선수들이 평소보다 힘이 들어간 거 같네요?

―네. 관중석에 원지석 감독이 있는 만큼, 얼굴 도장을 확실히 찍고 싶은 거겠죠. 새로운 팀을 만들겠다 했으니까요.

누구를 보러 왔을지는 모르지만, 그 시선을 자신에게 돌리도록 그들은 최선을 다해 뛰었다.

경기를 주도하는 건 뉴캐슬이었다.

홈 팬들의 응원에 분위기를 탄 그들은 에버튼을 압박하며 슈팅을 퍼부었고, 여기엔 풀백들의 활발한 오버래핑이 공격의 물꼬를 틀었다.

―다시 한번 측면을 돌파하는 윌킨스!

―이 경기를 자신의 쇼케이스로 만드는군요!

윌킨스.

뉴캐슬의 오른쪽 풀백이자.

비록 다른 국적의 용병들에 비해선 더 낫다고 할 수 없지만, 잉글랜드 선수에 한해선 괜찮은 풀백.

그의 드리블을 보던 스벤이 고개를 끄덕였다.

"나쁘지 않군요."

"정확히는 거기까지지만."

케빈은 조금 시큰둥한 눈치였다.

우승권을 다투는 팀이었다면 주전 자리도 잡지 못했을 실력
이었다.

차라리 지난 소집 명단에 뽑혔던 그 풀백이 더 낫지 않을까
싶었다.

"그래도 옵션으로선 나쁘지 않겠어."

단점이 눈에 띄지만 그렇다고 장점이 없는 선수도 아니다. 케
빈의 평가에 원지석은 조용히 고개를 끄덕였고, 그라운드를 계
속해서 지켜보았다.

─다시 한번 윌킨스의 크로스!

─아! 에버튼이 헤딩으로 걷어냅니다!

그럼에도 뉴캐슬은 쉽사리 선제골을 뽑아내지 못했다. 에버
튼의 수비가 그만큼 단단했기 때문이다.

두 줄 수비와 빠르게 이어지는 역습은 간간히 위협적인 장면
을 연출했고.

미친 듯이 응원하던 뉴캐슬 팬들은 그럴 때마다 안도의 한
숨을 내쉬었다.

"이건 꽤."

경기가 진행될수록.

원지석은 자신의 시선을 다른 선수가 잡아끌고 있다는 걸 느꼈다.

그건 다른 사람 역시 마찬가지였는지.

특히 스벤이 그쪽을 가리키며 입을 열 정도였다.

"저 선수는 어떻습니까?"

"괜찮네요."

거기까지 말한 원지석이 고개를 저은 뒤 방금 했던 말을 정정했다.

"아니, 좋네요."

솔직히 말해 예상하지 못했던 선수이기도 하다. 오늘 경기는 윌킨스를 보러 온 데다, 리스트를 짤 때엔 우선순위에서도 포함되지 못했던 선수니까.

—존 모건! 존 모건이 다시 한번 팀을 구해냅니다!

—몸을 아끼지 않은 허슬플레이!

머리를 삭발한 흑인이 동료들이 내민 손을 잡고 일어섰다.

존 모건.

에버튼의 센터백이자.

오늘 뉴캐슬의 파상 공세를 막아내는 중인 만 32세의 베테랑.

"그러게. 원래 저렇게 잘하던 녀석은 아닌 걸로 기억하는데."

"생각해 보니 상대한 적은 많은 선수인데, 그 유니폼이 많이 바뀌었네요."

원지석은 첼시 감독이었을 때를 떠올렸다.

당시 존 모건은 2부 리그에서 승격한 선더랜드의 센터백이었고, 그 시즌엔 다시 강등을 당한다.

그리고 다음 시즌.

존 모건은 다른 팀으로 이적을 하며 프리미어리그에 잔류하게 되었다.

'그리고 또 강등.'

그가 기억하기로 세 시즌까지 소속 팀이 연속으로 강등을 당해서, 강등 전도사라는 불명예스러운 별명을 얻기도 했다.

그럼에도 존 모건을 원하는 팀은 많았다.

저니맨.

한곳에 정착하지 못하는 떠돌이를 뜻하는 말.

단순히 실력이 부족해서 떠도는 건 아니다. 정말 수준 이하의 선수는 찾아주는 팀도 없었으니까.

"시즌이 시작하고 아직 반도 지나지 않았기에 조금 더 지켜봐야 되겠지만, 이번 시즌에는 리그에서도 꽤 좋은 활약을 보여주고 있습니다."

데이브가 부가적인 설명을 덧붙였다.

즉, 뒤늦게나마 포텐이 터지고 있다는 소리였다.

이른바 대기만성형 선수라는 건가.

"조금 더 지켜보죠."

원지석은 섣부른 결정을 하지 않았다.

대기만성형의 선수일 수도, 아니면 시즌 초반 잠깐 반짝하는 선수일 수도 있었다.

다음 리그 경기에서도 뛰어난 활약을 보인다면.

그때는 소집 명단에 포함시켜서 실험해 볼 가치는 있겠지.

―고오오올!

―에버튼이 마침내 선제골을 뽑아냅니다!

―아주 좋은 역습이었어요!

그러던 순간 에버튼이 선제골을 뽑아내는 데 성공했다. 결국 날카롭던 역습이 통한 것이다.

실책을 저지른 월킨스가 망연자실한 얼굴로 목뒤를 긁적이는 게 보였다.

후반전도 얼마 남지 않아서 조급해진 탓일까, 멍청한 실수가 결국 팀에 패배로 이어질 상황이었다.

"월킨스는 어떻게 할까요?"

"주전으로서는 그렇지만, 팀의 스쿼드에 포함하는 건 괜찮겠네요. 스벤은요?"

"저 역시 그렇습니다."

의견은 모아졌다.

고개를 끄덕인 원지석이 몸을 일으켰다.

경기 종료를 알리는 휘슬이 울린 것도 동시였다.

「[BBC] 뉴캐슬을 격파한 에버튼!」

「[스카이스포츠] 떠돌이 수비수의 놀라운 활약!」

경기가 끝나고 존 모건은 경기 최우수선수로 뽑히며 그 활약을 인정받았다.

다행이도 요행은 아니었는지.

그다음 경기도, 다다음 경기에서도 존 모건은 뛰어난 활약을 보여주며 팬들의 찬사를 받았다.

「[오피셜] 잉글랜드, 10월 A매치 소집 명단 발표」

그리고 마침내 발표된 명단을 보며 꽤나 놀란 사람은 분명 있을 터였다.

등번호 4번.

수비수.

존 모건.

평생 대표 팀과 인연이 없던 저니맨이, 이번엔 삼 사자 군단의 유니폼을 입게 된 것이다.

*　　　　*　　　　*

「[메트로] 잉글랜드의 새로운 얼굴들은?」

「[미러] 명단에 이름을 올리지 못하며 논란이 된 선수들!」

꽤나 새로운 얼굴들이 들어왔다는 것은.

반대로 기존에 있던 선수들이 나갔다는 의미이기도 했다.

원지석은 예고대로 스쿼드에 적지 않은 변화를 주었다. 그중에는 사람들이 놀랄 만한 선발도 있었으며, 논란이 생긴 부분도 거기였다.

왜 더 높은 명성을 가진 선수가 빠졌냐는 거다.

적어도 리그에서 보여주는 활약이나, 소속된 클럽의 위상은 비교가 불가능할 정도니까.

"변화의 필요성을 느꼈고, 기회를 줘도 괜찮을 선수들을 뽑았습니다."

"그렇다면 이들을 유로에서 볼 수 있을까요?"

"글쎄요. 그건 본인의 몫이겠죠."

기자의 물음에 원지석이 어깨를 으쓱였다.

이 새로운 선수들이 다음에도 뽑힐 거란 보장은 어디에도 없었다.

기대했던 퍼포먼스를 충족시킨다면 다음 소집 명단에서 다시 보게 되겠지만, 만약 그러지 못한다면?

원지석은 그 점에 대해 입을 열었다.

"이번 평가전은 말 그대로 평가전입니다. 새로운 전술, 선수들을 확인할 기회고, 다음엔 또 다른 선수들이 이름을 올릴 수도 있겠죠."

기회가 주어진다는 건 이번에 탈락한 선수들에게도 해당되는 말이다.

만약 새로 합류한 이들이 기대했던 퍼포먼스를 보여주지 못할 경우엔 다른 방법을 강구해야겠지.

"중요한 건 팀에 얼마나 녹아드느냐입니다."

클럽에서의 활약이 뛰어나다 해도.

국가대표팀에 녹아들려는 모습이 보이지 않는다면 결국 필요가 없는 선수였다.

"삼 사자 군단의 유니폼을 입고 싶다면, 우선 자신의 가치를 증명하라 말하고 싶군요. 경기에 뛰지 못한다면 명문 팀의 벤치라 해도 의미가 없으니까요."

그 말처럼, 이번에 뽑힌 뉴 페이스들은 비록 중하위권 팀이라도 핵심적인 역할을 맡은 이들이었다.

반대로.

이름이 빠진 선수들 대부분은 소속 팀에서 출전 기회를 잡지 못하는 쪽이었고.

물론 아직 시즌 초반인 만큼 나중에는 어떤 변화가 있을지는 모르겠지만, 이 논란 아닌 논란이 그들을 자극하는 계기가 되어주길 바랐다.

"오늘은 여기까지 하죠."

기자회견을 마무리한 원지석이 몸을 일으켰다.

쓸데없이 비싼 런던의 땅값 때문에 훈련장은 이곳과 거리가 있는 편이었다.

지금 바로 가면 늦진 않겠지.

그렇게 생각하며 부재중 연락을 확인하고 있을 때, 자신에게 다가오는 사람을 보며 그는 안경을 고쳐 썼다.

헨리 모건.

잉글랜드 FA의 미래라 불리며, 동시에 원지석과의 협상을 성공적으로 이끌어낸 남자.

그가 손을 내밀며 말했다.

"잠시 이야기 좀 가능합니까?"

"…그래요."

조금 늦을 것 같다는 연락을 남기고선.

원지석은 고개를 끄덕였다.

              *   *   *

두 남자가 걸었고.

멀리 갈 필요는 없었다.

같은 건물 아래층에 위치한 카페를 방문한 둘은 커피와 차를 앞에 두며 이야기를 나누었다.

"이야기는 들었습니다. 최근 승승장구 중이시라고."

"덕분이죠."

쓴웃음을 지은 헨리 모건이 커피를 홀짝였다.

빈말이 아니라 최근 축구협회에서 그의 입지는 굉장히 커진 편이었다.

회장의 삽질이 만들어낸 최악의 위기를 기회로 반전시킨 영웅.

꼼짝없이 망했다 생각한 상황에, 원지석이란 대어를 낚아 올리며 그야말로 최고의 주가를 달리는 헨리였다.

"그 점에 대해서 말입니다만."

커피 잔을 내려놓은 헨리가 조심스레 말을 이었다.

애석하게도.

너무 주목을 끌었기에 회장을 지지하는 사람들에게서 견제를 당하게 된 것이다.

이른바 파벌 싸움이었다.

"지금이야 워낙 분위기가 좋으니 저도 감독님을 최대한 도와드릴 수 있지만, 만약 분위기가 흔들린다면 이번 일을 이용해 트집을 잡을지도 모르겠군요."

아니. 분명 그럴 거다.

상대 파벌의 업적을 깎아내려야 그들에게 이득이 되지 않겠는가.

잉글랜드 FA는 상상 이상으로 더러운 곳이었다.

"어쩌면 제 동생의 발탁에 대해 의문을 제기할지도 모르는 일이고요."

"동생이요?"

"예?"

이번엔 원지석이 고개를 갸웃거렸다. 오늘 처음 듣는 이야기였기 때문이다.

그제야 상황을 파악한 헨리가 머리를 긁적이며 물었다.

"존 모건 말입니다. 설마 모르셨습니까?"

"그래요? 오늘 처음 안 사실이군요."

모건이란 성씨는 꽤나 흔한 데다, 애초에 둘은 인상이 다르다는 수준이 아니라 피부색부터 달랐다.

헨리가 백인이라면.

존은 흑인이었으니까.

"배다른 동생이거든요."

쓴웃음을 지은 헨리가 머리를 긁적였다.

형제의 아버지는 백인이었고, 몇 번의 이혼과 재혼을 반복하며 헨리와 존을 낳았다.

좋은 아버지는 아니었는지.

개판이 될 수 있었던 형제의 사이는 서로의 처지를 위로하며 그럭저럭 나쁘진 않은 모양이었다.

스카우트 팀으로선 남의 집 가정사에 굳이 깊게 파고들 이유가 없었고.

"가족관계는 상관없어요. 선수 선발에 대한 권한은 제 영역이니까요."

원지석은 단호하게 말했다.

적응을 하지 못한다면.

낙하산 소리가 나오기 전에 줄을 끊어버릴 것이다.

"뭐, 그렇다면 다행이네요."

남은 커피를 단숨에 들이켠 헨리가 자리에서 일어났다.

눈앞의 감독은 바쁜 사람이었고, 전할 말은 다 했기에 더 이상 시간을 잡아먹는 것도 실례였다.

"기대하겠습니다."

멀어지는 헨리의 뒷모습을 물끄러미 보던 원지석이 손목에 걸린 시계를 보았다.

생각보다 빨리 끝났기에, 그다지 늦을 것 같지는 않았다.

'존 모건이라.'

생각보다 이야깃거리가 많은 선수였다. 어쩌면 그 끈질긴 수비 스타일과 대기만성형의 성장은 이런 가정사가 뒷받침했을지도.

'가정사라.'

주차장까지 내려가 운전대를 잡은 원지석이 작게 붙여진 사진을 보았다.

원지석과 캐서린, 그리고 엘리.

가족이 함께 찍은 사진이었다.

이때만 해도 엘리는 환하게 미소를 지을 줄 아는 아이였다.

사진은 점점 변하며.

딸아이의 미소도 점점 무표정하게 변했다.

작은 통에서 꺼낸 알약 하나를 삼킬 때쯤, 갑자기 스마트폰에서 울리는 진동에 그게 눈을 끔뻑 떴다.

헨리에게서 온 메시지였다.

[지금은 외곽보다 시내로 가는 게 더 빠를 거 같군요.]

어깨를 으쓱인 원지석은 스마트폰을 다시 내려놓았다. 타이밍 좋게 바뀐 신호에 맞춰 차는 부드럽게 도로를 달렸다.

"늦는다더니, 제시간에 도착했네?"

"상대방이 시간 계산을 잘하는 사람이라."

놀랍게도.

그 말처럼 훈련장에 제시간에 딱 맞춰 도착한 원지석이었다.

케빈이 던진 트레이닝복을 받은 그는 화장실에서 옷을 갈아입은 뒤, 정장이 든 가방을 트렁크에 넣었다.

"선수들은 어떻게 됐어요?"

"지각한 녀석은 없어."

"코치들, 아니, 애들은요?"

제임스를 비롯한 새로운 코치들을 말하는 거였다. 그동안 예습을 했지만, 선수들에게 직접 코칭을 하는 건 오늘부터 시작이니까.

"문제는 없어 보이던데. 아직까지는. 뭐 일단은 맛만 볼 겸, 처음엔 하고 싶은 대로 해보라고 했으니까."

실실 웃는 게 무언가 일이 터지기를 기대하는 모양새였다.

원지석과 케빈이 훈련장에 들어서자 따로따로 놀던 선수들이 곧바로 한곳에 집합했다.

"오랜만인 사람도 있고, 오늘 처음 보는 사람도 있겠지."

누군가는 흥미로운 얼굴로.

누군가는 경각심을 가진 얼굴로 그를 바라보았다. 퍽 괜찮은 눈빛이었다.

고개를 끄덕인 원지석이 말을 이었다.

"바로 시작하지."

훈련장을 뛰며 몸을 푼 선수들은 각자 그룹을 나누었다. 공격수, 미드필더, 수비수, 골키퍼에 따라 각각 다른 코치들이 들어갔고.

"앤디다."

"제임스야."

그들은 자신의 앞에 있는 전설적인 선수들을 보며 눈을 빛냈다.

전설 속의 거인처럼.

분명 그리 크지 않은 키임에도.

거대한 거인을 눈앞에 둔 것만 같았다.

어릴 때의 우상을 마주한 순간만큼은, 그들 역시 어릴 때의 기분으로 돌아간 느낌이었으니까.

원지석은 선수들의 종합적인 코칭을 맡으며 그들을 감독했다.

그러면서도 새로운 코치들이 잘하고 있는지 중간중간 확인했는데, 역시나 쉽지만은 않아 보였다.

"아니, 이걸 못 해? 왜?"

제임스가 답답하다는 듯 한숨을 쉬었다. 하지만 정작 당사자인 선수들은 억울한 심정으로 서로를 보았다.

그가 보여주는 스킬은.

현 잉글랜드 공격수들 중에서도 감히 따라 할 사람이 없던 것이다.

"시벌."

데니스가 어설프게나마 따라 했지만 저렇게까지 부드럽고

물 흐르듯 할 수는 없었다.

그리고 제2의 제임스라 불리는 이안은 발등에서 툭 떨어진 공을 보고선 얌전히 고개를 저었다.

뭐, 그런 수식어는 꼭 플레이 스타일을 닮지 않아도 붙여졌으니까.

그건 앤디 역시 별반 다르지 않았다.

녀석은 정교한 패스를 뿌리는 팁에 대해 이렇게 말했다.

"음, 그냥 그런 색깔이 보이지 않나요?"

"색깔이요?"

"네. 그런 느낌이 팍 오는데, 이걸 뭐라고 설명해야 할지."

뜬구름 잡는 소리에 잉글랜드의 미드필더들이 눈을 끔뻑였다.

혹시 장난을 치는 걸까 싶었지만.

저렇게 끙끙 앓으며 설명을 하려는 모습을 보니, 농담 같지는 않았다.

"그러니까 이렇게 해서, 이렇게!"

강하게 때려진 공이 멀리 뻗어졌고, 바닥에 한 번 튕기고선 백스핀이 걸리며 다시 방향이 꺾였다.

이 정도라면 알겠지?

그런 생각에 선수들을 바라본 앤디가 눈을 빛냈지만, 오히려 혼란을 가중시켰다.

"그냥 코치님이 현역으로 복귀하는 건 어때요?"

"아니, 그런 게 아니라!"

누군가가 자괴감 섞인 얼굴로 중얼거리자 앤디는 당황하며 손을 저었다.

오늘을 위해 많은 준비를 했지만, 설마 현실과의 괴리가 이렇게 클 줄은 예상하지 못한 모양이었다.

눈높이가 다르니 서로가 서로를 보며 고개를 갸웃거릴 뿐이었고.

이래서 천재란 것들은.

"저 새끼들 재수 없지?"

의외의 반전이 있다면 킴이었다.

킴은 확연히 다른 설명으로 선수들의 고개를 끄덕이게 했다.

아이러니하게도.

저 천재들에게 뒤지지 않기 위해, 현역 시절부터 미친 듯이 연습했던 노하우가 빛난 것이다.

"코치로서는 킴이 더 빛을 볼지 모르겠네요."

원지석이 그런 녀석들을 보며 중얼거렸다.

케빈은 제임스가 당황하는 모습이 퍽 즐거웠는지 배를 잡고 웃었고.

결국 기존 코치들이 합류하면서 녀석들은 보조하는 쪽을 맡자, 그제야 정상적인 코칭이 가능하게 되었다.

"발롱도르 3개 이하는 까불지 말자."

확실히 코치들의 말엔 시큰둥했던 선수들도 이제는 귀를 쫑긋거렸으니까.

그런 코칭이 끝난 뒤.

원지석은 선수들을 모두 불러 팀 전술을 훈련하게 했다.

"나쁘지 않네요."

그는 존 모건을 바라보고 있었다.

수비수는 그 플레이 특성상 동료들과의 호흡이 매우 중요한 포지션인데, 떠돌이 센터백이라는 건 그만큼 드문 경우였다.

저니맨.

한 팀에 오래 머물지 못하는 떠돌이가.

지금으로선 가장 좋은 옵션이 될 수 있다.

실제로 현재 팀 훈련 중에서도 꽤나 빠르게 녹아드는 모습을 보였으니까. 오랜 경험이 만들어낸 적응력이었다.

'반대로.'

원지석은 고개를 돌렸다.

시큰둥하게 훈련을 소화하는 데니스가 있었다.

가라앉은 눈으로, 그는 데니스에게서 눈을 떼지 않았다.

'이번이 마지막 기회다.'

10월 A매치 기간.

사실상 이 평가전이 녀석에게 줄 마지막 인내심이었다.

『스페셜 원: 가장 특별한 감독』 10권에 계속…